전세
인생

전세 인생

지은이 권제훈, 김성준, 박생강, 이선진, 임국영
펴낸이 임상진
펴낸곳 (주)넥서스

초판1쇄 인쇄 2023년 10월 25일
초판1쇄 발행 2023년 11월 1일

출판신고 1992년 4월 3일 제311-2002-2호
10880 경기도 파주시 지목로 5
Tel (02)330-5500 Fax (02)330-5555

ISBN 979-11-6683-679-4 03810

www.nexusbook.com
&(앤드)는 (주)넥서스의 문학 브랜드입니다.

앤드
앤솔러지

전세 인생

권제훈
김성준
박생강
이선진
임국영

&

차
례

"실례하겠습니다."

공인중개사가 현관문을 열고 허공에 인사했다. 집주인이 없는 걸 뻔히 알면서도 굳이 저래야 하나 싶었다. 혜영은 들뜬 표정으로 호들갑스럽게 입장했다. 놀이 기구라도 타러 가는 사람 같았다.

결혼기념일에도 집 구경을 할 줄은 몰랐다. 어젯밤엔 오늘 뭘 할지 논의하다가 좀 다퉜다. 나는 나대로 촘촘히 계획을 짜 두었는데 혜영은 뭐 하러 돈 쓰고 돌아다니냐며 딱 잘라 거절했다. 이런 날 기분을 내지 않으면 언제 낸단 말일까. 친구들이 올린 오마카세 사진에 시기 섞인 표정으로 '좋아요'를 꾹 누르는 걸 다 아는데.

"아끼는 건 좋지만 궁상맞아 보여."

괜히 얘기했다. 내가 요리한 베이컨크림파스타를 먹다가 말고 한참 훈계를 들었다. 그래, 훈계. 이보다 더 어울리는 단어는 없는 것 같다. 찌그러진 베이컨을 멍하니 바라보며 결혼기념일에 휴가까지 쓴 걸 후회했다.

"내일은 기념일이니까 특별한 집엘 가 볼 거야."

특별한 집? 귀신이라도 나오는 건가? 차라리 그런 집이면 좋겠다고 기대했다. 다른 건 몰라도 집값은 좀 쌀 테니까. 집값만 저렴하다면 귀신이랑 함께 살아도 행복할 것 같다. 하지만 대단히 비싼 집이었다. 혜영이 최근 실거래가를 얘기해 줬는데 욕부터 튀어나왔다. 하긴 서울에 싼 아파트가 어디 있을까. 자고로 오르지 못할 나무는 쳐다보지도 말라고 했거늘.

아담한 아파트인데 뿜어져 나오는 아우라가 대단했다. 도심에 숨겨진 요새 같은 느낌이었고 혜영의 말대로 프라이빗했다. 멀대처럼 멋없이 서 있는 보통 아파트와는 달랐다. 한강까지는 걸어서 5분이면 충분하다고 했다. 저녁 먹고 한강을 산책하는 우리 부부의 모습을 상상해 봤다.

내가 딴생각하는 걸 눈치챈 혜영이 내 소맷자락을 잡아당겼다. 중개사는 이미 복도 저 멀리 걸어가고 있었다. 얼핏 보기에도 복도가 매우 길었다. 이 복도만 이래저래 오리고 붙

권제훈

여서 재조합해도 우리 집보다 훨씬 넓을 듯했다. 일정한 간격으로 박혀 있는 다운라이트 센서 등이 중개사의 굽은 목덜미를 은은하게 비춰 주었다. 발밑으론 간접조명이 길을 안내했다. 혜영은 신발을 가지런히 정리하고 복도를 뛰다시피 걸었다. 나는 휴대폰으로 초시계를 작동시키고 신발을 벗었다.

우리 부부가 임장을 다닌 것도 거의 1년이 다 되어 간다. 빌라나 오피스텔은 거들떠보지도 않고 오로지 아파트에만 집중했다. 혜영은 '아캉스'라고 불렀다. 주말에 특별한 일이 없으면 이 동네 저 동네 찾아다니며 온갖 집에 발을 들이밀었다. 처음엔 진짜 집을 살 생각으로 그랬다. 아닌가? 나만 그랬나? 솔직히 지금도 혜영이 어떤 마음가짐인지는 잘 모르겠다. 집을 살 생각이 있는 건지, 이 또한 취미 생활인지.

"자기야, 세상에 남의 집 구경을 취미로 하는 사람이 어딨어? 나 진짜 집 살 생각이야. 언제까지 원룸에 살 순 없잖아. 자기도 그런 거 아냐?"

"그러면 진짜 살 수 있는 집을 알아봐야지."

"지금 그러고 있잖아."

"혜영아, 우리가 10억이 훌쩍 넘는 집을 어떻게 살 수 있겠니? 전세로도 어려워."

혜영은 눈 한 번 깜빡거리지 않고 이런 집을 자주 봐야 하는 이유를 설명했다. 지겹게 들은 얘기였다. 좋은 집을 많이 봐야 안목이 좋아진다(과연 그게 좋은 일일까, 눈만 높아지는 건데), 발품 팔아서 중개사들과 네트워크를 잘 유지하면 급매를 잡을 수 있다(내가 보기엔 급매의 급매의 급매가 나와도 어려웠다), 오늘 보는 집도 아무에게나 보여 주는 집은 아니다(저런 얘기는 아무에게나 하는 말인데), 비싼 집일수록 오를 때 더 많이 오른다(떨어질 땐 더 많이 떨어지지 않겠니?)······.

초기엔 지은 지 20년이 훌쩍 넘은 20평대 아파트에도 많이 가 봤다. 외관이 아주 낡은 것은 말할 것도 없고 수리 한번 제대로 하지 않아 내부가 엉망진창인 곳이 대부분이었다. 도대체 집을 팔 생각이 있는 건지 의심스러웠다. 하지만 몰라도 한참 모르는 생각이었다. 낡을수록 좋은 거였다. 그래야 재건축이 된다나 뭐라나. 다행인지 불행인지 어느 순간부터 혜영은 그런 집들은 쳐다보지도 않았다.

"20-20 클럽은 깔끔하게 버리자. 그런 집을 그 돈 주고 살 순 없지."

"그래서 그나마 싼 거야, 자기야."

혜영은 내 얘기는 가볍게 무시했다.

"그리고 하나 더. 복도식도 패스. 어우, 그게 뭐야. 창살에 갇힌 것도 아니고."

권제훈

사실 난 20평대 복도식 아파트도 감지덕지였다. 저 창살에 갇히고 싶은 마음이 굴뚝같았다. 창살 사이에 머리를 끼우고 지나가는 이웃 주민 구경만 해도 행복할 것 같은데. 하지만 혜영이 아니라면 아닌 거였다. 이것저것 따지면서 하나둘 지우고 나니 우리가 감당할 수 없는 집들만 남았다. 주머니 사정은 아랑곳하지 않고 더 좋은 동네의 고급 매물을 찾아다녔다.

솔직히 어느 순간부터 나도 즐기고 있었다. 짧으면 10분, 길어 봐야 30분 남짓이지만 다른 사람이 어떻게 사는지 보는 재미가 쏠쏠했다. 집마다 유달리 기억에 남는 부분도 달랐다. 거실의 정중앙에 그랜드 피아노를 놓고 그 주변을 빙 둘러서 크고 작은 소파와 의자를 배치한 30평대 아파트, 침대도 소파도 식탁도 없던 40평대 아파트, 벽지는 물론 바닥까지 온통 시꺼멓게 발라 놓은 50평대 아파트 등 아주 특이한 집이 있는가 하면, 냉장고에 붙여 둔 흔한 가족사진 한 장이나 짧은 편지, 소파의 얼룩, 수평이 맞지 않는 식탁 따위가 잊히지 않는 곳도 있었다.

그리고 마치 살 것처럼 중개사와 집주인을 기대하게 했다가 이 핑계 저 핑계 대며 퇴짜를 놓을 때의 기분도 짜릿했다. 그 집을 충분히 살 수 있는 상황인데 거절하는 쾌감, 실체 없는 우월감, 그 망상이 싫지만은 않았다.

　복도 끝에 다다르자 거실이 사방으로 끝없이 펼쳐졌다. 말 그대로 광활했다. 삼면이 통창이어서 불을 켜지도 않았는데 실내가 아주 밝았다. 한쪽에선 햇살이 쏟아져 들어왔고 정면으론 저 멀리 한강의 윤슬이 반짝거렸다. 면적에 비해 가구와 가전이 매우 적어 시야가 탁 트였고 층고도 아주 높아 훨씬 더 넓어 보였다. 드넓은 평원의 한가운데 서 있는 기분이었다. 아랫집에는 미안한 일이지만 거실만 다섯 바퀴 정도 뛰어도 하루 운동으로는 충분할 듯했다. 혜영도 감탄했는지 엄지손가락을 치켜세웠다.

　중개사가 벽면에 있는 버튼을 누르자 암막 블라인드가 차분하게 내려와 창을 빈틈없이 가렸다. 어둠에 사로잡힌 느낌이었다. 이대로 이 집에 갇히고 싶었다. 조용히 다가가 혜영의 손을 잡았다. 블라인드가 다시 올라가면서 드넓은 거실로 빛이 진격했다. 우린 꼼짝없이 서서 그 광경을 지켜보았다. 여행지에서 대자연과 마주한 것처럼. 깍지를 끼고 있던 손에 힘을 실었다.

　여태껏 살았던 집에선 이런 풍광은 감히 꿈꿀 수 없었다. 햇빛이 단 1mm도 들어오지 않던 곳, 창문을 열면 옆 건물의

벽이 코에 닿을 듯했던 집, 비가 오든 안 오든 물이 새던 반지하 방.

그에 비하면 혜영과 함께하는 지금의 신혼집은 진일보한 곳이었다. 햇살은 오후 3시부터 4시까지 약 한 시간 동안이나 집에 머물렀고(비록 손바닥 넓이 정도이지만), 신축 원룸답게 깔끔하고 수납장도 많았다(덕분에 혜영은 자꾸 뭔가를 사서 채웠다).

무엇보다도 엘리베이터가 있었다. 서울로 올라온 이후엔 엘리베이터가 있는 집에서 살지 못했다. 그래서 신혼집이 2층임에도 불구하고 엘리베이터를 부지런히 타고 다녔다. 내려갈 때도 꼬박꼬박. 엘리베이터가 최고층인 13층에 머물러 있어도 녀석이 내려올 때까지 차분하게 기다렸다. 고작 한 개 층을 오르내리는 것이지만 엘리베이터를 타면 확실히 기분이 상쾌했다.

거실 우측 중앙엔 아이보리색 소파가 사면을 향해 덩그러니 놓여 있었다. 마땅히 있어야 할 소파 테이블과 TV는 보이지 않았다. 누가 그렸는지 알 수 없는 미술 작품들이 우측 벽면을 장식했다. 거실 좌측에 부엌이 있긴 했지만 쓸데없이 큰 아일랜드 식탁을 제외하곤 살림살이가 별로 없었다. 집을 팔려고 이미 하나씩 처분하고 있는 것처럼. 혹시 미니멀리스트인가? 아니면 집을 사려고 돈을 너무 많이 써서 가구 살 돈은 없는 건가? 혜영도 그렇게 느꼈는지 두리번거렸다.

"사장님, 그런데 집이 뭔가 휑하네요."

"여백의 미죠. 이렇게 아름다운 풍경을 볼 수 있으니 굳이 뭘 또 채우겠어요."

여백의 미? 말 같지도 않은 소리에 혼자 피식 웃었다.

"아, 그러네요. 혹시 집주인은 뭐 하시는 분이세요?"

"저도 잘 모르지만 젊으신 분이에요. 아마 비슷하실 것 같아요."

중개사가 우릴 위아래로 훑어보며 얘기했다.

"혼자 사시는 건 아니죠?"

"혼자 맞아요. 대충 보시면 아시겠지만 결혼 안 하셨어요. 부모님이랑 같이 사는 것도 아니고요."

이 넓은 집에서 혼자 산다고? 뭐 하는 인간이길래? 코인 대박이라도 난 건가? 부모에게 물려받은 돈이 너무 많아 주체를 못 하는 건가? 한 걸음 한 걸음 내디디며 정체를 알 수 없는 적개심을 느꼈다.

"집에 잘 계시지도 않는 것 같아요. 여기저기 왔다 갔다 하시는 거 같더라고요."

"우와, 대박이다. 이 집이 별장일 수도 있겠네요. 그래서 가구가 별로 없는 게 아닐까요?"

혜영이 부러운 눈빛으로 중개사를 바라보았다.

"어쩌면 그럴지도요."

"우리도 그러면 되잖아. 여길 별장으로 쓰지 뭐."

이런 헛소리는 혜영이 즐겨 했는데 오늘은 내가 선수를
쳤다. 혜영이 그럴까, 하며 맞장구를 쳤다. 중개사는 못 들었
는지 대꾸도 없이 베란다로 나갔다. 아파트가 계단식 구조여
서 베란다에는 지붕이 없었다. 유명한 전망대에 올라온 기분
이었다. 여기서 아침엔 커피를, 저녁엔 와인을 마시며 한강
을 음미하면 기가 막히지 않을까.

우린 중개사를 졸졸 따라다녔다. 사실 그다지 특별한 집
은 아니었다. 고급스러운 건 알겠는데 가구와 가전도 별로
없고 있는 것도 그저 그랬다. 이 좋은 집을 이렇게밖에 못 꾸
미고 사는 주인이 한심했다. 그간 돌아다니면서 축적한 노하
우로 인테리어 컨설팅이라도 해 주고 싶었다.

*

"자, 이제 다 보셨죠?"

방을 하나씩 둘러본 후 중개사가 시간을 확인하며 나가자

는 듯 고갯짓했다. 혜영도 볼 만큼 봤는지 순순히 고개를 끄덕였다. 나는 초시계를 슬쩍 확인했다. 43분 32초를 막 지나고 있었다. 집이 넓어서 한번 찬찬히 둘러보는 데만 이렇게 시간이 흘러갔다. 물론 우리가 이것저것 물어보면서 시간을 끌기도 했지만. 언제부턴가 우린 집 구경한 시간을 기록했다. 기록을 조금씩 경신하는 게 은근히 흥미로웠고 자꾸 의식하게 되었다. 최고 기록은 49분 55초였다. 조금만 더 버티면 오늘 기록을 갈아 치울 수 있는데. 결혼기념일에 그 기록을 깨면 더 의미 있지 않을까. 복도를 걸어가는 중개사의 뒤통수에 대고 말했다.

"사장님, 저희 조금만 더 둘러보면 안 될까요?"

"아, 어딜 또…….."

"안방에 화장실이 있었죠? 구조가 잘 생각이 안 나네요. 샤워 부스가 있었는지 없었는지."

"당연히 있죠."

중개사가 귀찮아하는 게 확 느껴졌다. 빨리 나가고 싶은 모양이었다. 우리가 이 집을 절대 사지 않을 거라는 확신이라도 든 걸까. 그렇다면 더욱 이렇게 나갈 순 없지.

"아무래도 다시 봐야겠어요."

안방을 향해 저벅저벅 걸어갔다. 혜영도 잰걸음으로 따라

권제훈

왔다. 중개사는 쿵쾅거리며 걸어왔나? 안방이라고 생각한 곳으로 들어가니 서재였다. 방이 여러 개라서 구조를 파악하는 데만 시간이 꽤 걸릴 것 같았다. 오늘 이 집을 떠나기 전에 다 외워야겠다고 혼자 다짐했다.

"그런데 서재치고는 책이 너무 없지 않아요?"

"그러게. 그냥 폼인가 봐."

내가 괜한 시비를 걸었고 혜영이 잘 받아 주었다. 중개사가 뭐 어쩌라는 태도로 문턱에 서 있었다. 중개사는 최대한 친절한 표정을 짓고 있었지만 약 45분 전과는 온도가 사뭇 달랐다. 속으로 오늘의 미션을 하나 더 추가했다. 저 양반의 일그러진 얼굴을 봐야겠다고. 서재의 회전의자에 앉아 한 바퀴 돌아 보고 높낮이가 조절되는지도 확인했다. 손바닥으로 책상도 한 번 쓸어 보았다.

"어우, 이 먼지 좀 봐."

정말이지 몇 달 동안 한 번도 안 닦은 듯했다. 아니, 책상을 아예 안 쓰는 사람 같았다. 먼지 묻은 손바닥을 보여 줬다. 관심 없다는 듯 중개사는 시계만 쳐다봤다. 아주 값비싼 시계인가. 뭘 계속 확인해.

서재 옆방도 안방이 아니었지만 전혀 상관없었다. 그 방에도 다시 들어갔다. 요가 매트가 깔려 있고 아령과 덤벨이 몇 개 놓여 있을 뿐이었다. 방이 남아돌면 공간을 이렇게 낭비할 수도 있구나. 하긴 이 넓은 집에 혼자 사는데. 나는 괜히 아령을 집어 들었다. 전신 거울 앞에 서서 아령을 들었다 내렸다 반복하자 중개사가 헛기침했다.

그 옆은 화장실, 그다음은 드레스룸 그리고 안방이었다. 머릿속으로 방 순서를 외우며 하나씩 꼼꼼히 살펴보았다. 안방의 화장실까지 재점검하고 나오자 중개사는 이젠 끝이라고 생각하는 듯 현관문을 향해 발걸음을 돌렸다. 하지만 나는 반대 방향인 거실로 향했다. 그러자 중개사가 정말 쿵쾅거리며 다급하게 걸어왔다.

"죄송하지만 시간이 별로 없어서요. 잠시 후에 잔금을 치러야 하는 집이 있거든요."

개념 없이 약속을 중복으로 잡다니. 우릴 만나기 전부터 얕봤다는 거잖아.

"아, 그러셨어요? 그런데 저희도 이 집이 정말 마음에 들어서요. 조금만 더 보면 안 될까요? 이렇게 비싼 집을 대충 보고 결정할 순 없잖아요. 저는 항상 그게 불만이었거든요. 그래서 아직 집을 못 산 걸지도 몰라요. 몇십억이나 하는 집을, 어쩌면 우리가 평생 살게 될 집을 어떻게 몇 분 만에."

나는 줄곧 그렇게 생각해 온 사람처럼 떠들었다.

권제훈

"정 그러시면 다음에 한 번 더 보여 드릴게요."

"다음에 언제요?"

"다, 다음에요."

그러고 보니 중개사의 얼굴이 제법 찌그러져 있었다. 고객 앞에서 저런 표정을 짓다니.

"사장님! 이 집 진짜 살 수 있어요. 저희 그렇게 만만한 사람 아니에요. 지금이라도 당장 여기 살 수 있다고요."

나는 바로 계약금을 송금하려는 것처럼 휴대폰을 꺼내 은행 앱을 켰다. 중개사는 어디 한번 보내 보라는 눈빛으로 가만히 날 지켜보았다. 주택청약을 비롯해 여기저기 흩어져 있는 각종 예금, 적금을 깨지 않고 지금 당장 보낼 수 있는 돈이 얼마나 될까. 3,000만 원도 되지 않는다. 물려 있는 주식과 코인을 다 끌어모은다고 해도 대출 없이는 1억도 힘들다. 1억으론 이 집 복도도 어림없을 텐데.

"그래서 말인데요, 오늘 여기서 좀 더 있으면 안 될까요? 어차피 집주인 집에 잘 없다고 하셨잖아요. 오시면 바로 나가 드릴게요."

나는 송금하는 대신 헛소리를 늘어놓았다.

"아니, 제가 지금 다른 손님 잔금을 치르러 가야 한다니까요."

"사장님, 저희가 이 집 사게 되면 수수료는 따블로 드릴게요. 아니다, 따따블."

나는 아무 생각 없이 얘기했고 중개사는 기가 찬다는 듯 웃었다. 아니면 너무 좋아서 웃는 건가.

"무슨 말도 안 되는 말씀을."

"사장님, 진짜예요. 제 말 못 믿으시는 거죠? 제가 지금 입고 있는 이 옷 모르세요?"

나는 대뜸 오른손으로 셔츠 깃을 붙잡고 왼손으로 바지를 가리켰다. 왜 그랬는지는 설명할 순 없다. 꾹꾹 눌러 둔 자격지심이 폭발하기라도 한 걸까. 혜영이 손으로 입을 가리며 풉, 하고 웃었다. 사실 셔츠는 유니클로, 바지는 지오다노였다. 중개사가 눈빛으로 나를 스캔하더니 헛웃음을 지었다. 설마 옷을 알아본 건 아니겠지?

"그만 나가시죠. 정말 생각이 있으시면 그때 다시 얘기하시고요."

"자기야, 가자. 많이 봤잖아."

혜영이 내 어깨를 토닥이며 끌고 갔다. 복도로 진입하기 전에 거실을 다시 되돌아보며 음미했다. 보고 또 봐도 놀라울 만큼 넓었고 뷰가 엄청났다. 아무리 생각해도 혼자 살기엔 아까웠다. 혜영과 나, 우리 둘이 살기에도 너무 넓었다. 이

권제훈

곳이라면 아이를 가지기에 충분할 것 같은데. 한 명으론 부족하고 둘? 아니면 셋? 넷? 다섯까지?

*

중개사를 따라나서는 척하다가 혜영을 확 잡아당겨 문 안으로 다시 밀어 넣었다. 그러고 나도 재빨리 집으로 쏙 들어갔다. 닫히는 문 사이로 중개사의 얼빠진 얼굴이 보였다. 중개사도 내 미소를 보았겠지?

"준철아, 뭐 하는 거야?"

중개사만큼 혜영도 당황했다. 대체로 사고를 치는 건 혜영이었다. 나는 그걸 수습하는 사람이고. 그런데 상황이 역전되자 정신없어 보였다. 우왕좌왕하는 혜영을 보는 것도 흥미로웠다.

"빨리 문 열어."

혜영이 나가려는 걸 온몸으로 저지했다. 중개사가 밖에서 안절부절못하는 소리가 들렸다. 동네방네 소문이 날까 봐 큰소리로 떠들진 못하고 문을 귀엽게 두드렸다. 이내 잠잠해지는가 싶더니 도어록을 누르기 시작했다. 물론 내 손가락이 더 빨랐다. 이런 적이 한두 번이 아니라는 듯, 나는 놀랍게도

오꾸빠 오꾸빠　　　　　25

매우 침착했다.

"사장님, 일단 잔금부터 치르고 오세요. 저희는 조금만 더 볼게요. 진짜 마음에 들면 바로 살 거예요. 수수료도 따따블로 드리고요."

중개사가 문을 열라고 밖에서 속삭였다. 나는 아무것도 건드리지 않고 집만 볼 터이니 걱정하지 말라고 대답했다. 혹시라도 집주인이 오면 잘 둘러대겠다고 덧붙였다.

"자기야, 잠깐만 더 있다가 가자."

"기록은 이미 깼잖아, 준철아."

"기록은 기록일 뿐이고. 오늘은 특별한 날이잖아. 결, 혼, 기, 념, 일."

나는 또박또박 얘기했고 혜영은 한숨을 푹 쉬었다.

"이건 범죄야. 빨리 나가자. 저 사람이 신고하면 어쩌려고 그래?"

범죄는 무슨. 집 살 사람이 집 좀 더 보겠다는데. 한두 푼 하는 것도 아니고 이렇게 비싼 집을 어떻게 대충 살 수 있나. 물이 새는 곳은 없는지, 곰팡이는 없는지, 소음은 없는지, 심각한 하자는 없는지 등 꼼꼼하게 살펴봐야 할 게 아닌가. 사나흘 정도는 직접 살아 보면서 체험한 뒤 매매할 수 있도록 부동산 법 따위를 개정해야 하는 게 아닌가 싶다.

우리가 실랑이하는 사이 밖은 잠잠해졌다. 나는 현관문에 귀를 바짝 갖다 댔다. 혜영의 숨소리 외에는 아무것도 들리지 않았다. 조심스레 문을 열어 보았지만 중개사는 온데간데없었다.

"수수료 따따블로 준다니까 진짜 간 거야?"

나는 낄낄거리며 웃었다. 혜영은 심각했다.

"경찰서 간 거 아냐?"

"설마, 신고할 거면 전화로 했겠지."

기나긴 복도를 쪼르르 달려가 휴대폰 카메라를 켰다.

"자기야, 멋있게 걸어와 봐. 내가 사진 찍어 줄게."

혜영은 뭐 하는 짓이냐고 투덜거리더니 진짜 모델처럼 걸어왔다. 오, 잘한다 잘한다, 모델 뺨친다, 내 추임새에 신났는지 몇 차례 되돌아가 다시 걸었다. 그 모습을 사진과 영상으로 고루 담았다. 혜영은 그걸 인스타그램에 올릴 생각에 걱정이 금세 사라진 듯했다.

창문 가까이 다가서자 굽이치는 한강이 한눈에 내려다보였다. 강원도 태백에서 발원한 물줄기가 서해로 흘러가기 전에 이 집에 잠시 머무르는 듯했다. 한참 한강을 바라보던 혜영이 말문을 열었다.

"가만 보니까 한강이 생각보다 곡선이다, 그렇지?"

"그러게. 거의 직선인 줄 알았는데. 유려한 곡선이야. 자기 몸매처럼."

한강을 내려다보면서 섹스하면 어떤 기분일까. 한강에 사정하는 느낌이려나.

"자기야, 할래?"

내가 느끼하게 쳐다보든 말든 혜영은 한강에서 시선을 떼지 않았다.

"저 멀리 보이는 곳이 강의 북쪽인지 남쪽인지 잘 모르겠어."

"어디? 저기?"

저긴 북쪽인 것 같아, 라고 말하려다가 삼켰다. 너무 헷갈렸다. 내가 지금 강북에 있는 건가, 강남에 있는 건가. 두리번거리며 높이 솟은 타워를 찾았다. 아까 분명히 본 것 같은데 어디로 갔는지 보이지 않았다.

"혜영아, 타워 찾아봐."

"갑자기 그걸 왜 찾아?"

"갑자기 안 보이니까."

"저기 있네. 바로 앞에 있고만."

혜영의 말처럼 그리 멀지 않은 곳에 있었다. 내가 너무 먼 곳을 응시하다 보니 놓친 것 같았다. 타워가 보이자 마음이 놓였다. 나는 다시는 잃어버리지 않겠다는 듯 눈에 꼭꼭 담아 두었다. 혜영은 타워 사진을 찍더니 곧바로 인스타그램에 올렸다. 마치 우리 집에서 찍은 것처럼.

"혜영아, 우리도 그거 할래?"

"뭐?"

"오꾸빠*."

"오꾸빠?"

"오꾸빠인지 오쿠파인지. 얼마 전에 자기가 어디서 보고 재밌다고 했던 거. 남의 집에 막 들어가서 사는 사람들."

혜영은 이제야 생각난 듯했다.

"아, 스페인? 그 사람들 진짜 어이없지?"

"빈집이니까 가능하지."

"아무리 빈집이라도. 사실상 무단 주거침입에 무단 점거 잖아. 막무가내로 들어가서 여기 비었으니 내가 살겠다고 뻔 뻔하게 주장하는 건데. 날강도가 따로 없지. 그런데 그 나라도 참 이상해. 오꾸빠들이 그 집에서 48시간만 버티면, 경찰이 와도 쫓아내지 못한대."

"집주인이 와도?"

---

* Okupa, '자리를 차지하다'라는 뜻의 스페인어 'ocupar'에서 온 말. 스페인에서는 누구나 빈집에 들어가 48시간 이상 거주한 것을 증명하면 거주권을 행사할수 있는데, 이때 빈집에 들어가 사는 사람을 가리킴.

"응. 집 되찾으려면 소송하고 뭐 엄청 복잡하대. 집주인의 권리보다 집 없는 사람들의 인권을 더 중시한다나 뭐라나."

"존나 멋지다. 이거야말로 혁명 아니냐?"

혜영이 뭔 소리냐는 눈빛으로 날 빤히 바라보았다.

"혁, 명? 그 말처럼 혁명적이지 않은 게 또 있을까. 그런데 오늘 무슨 일 있어? 평소에 하지 않던 행동에, 쓰지 않는 단어까지."

"자기 말대로 오늘은 특별한 날이니까."

나는 미끄러지듯 걸어가 소파에 쓰러졌다. 혜영도 옆에 털썩 주저앉았다. 오래 쓰지 않은 듯 먼지가 폴폴 날렸다. 정말 빈집은 아닌지 의심스러웠다. 혜영이 음식 배달 앱을 켰다.

"그럼, 피자나 시켜 볼까?"

"피자? 배고파?"

"그 오꾸빠들 있잖아. 남의 집에 들어가서 가장 먼저 하는 행동이 뭔지 알아?"

내가 어깨를 으쓱하자 혜영이 말을 이었다.

"피자를 시키는 거래."

"왜? 금강산도 식후경, 뭐 이런 논리야?"

"그 집에 몇 시에 들어왔는지 증명하려고. 48시간 이상 머물렀다는 걸 피자 주문 시간으로 보여 주는 거지."

남의 집에 무단으로 들어간 사람도 그러한데, 하물며 집을 사려고 하는 사람은 그럴 자격이 충분한 게 아닐까.

"자기야, 우리도 시키자. 빨리 주문해."

"진짜?"

"뭐 어때? 집에 있는 음식에 손대는 것도 아니고. 피자 한 판 시켜 먹는 건데. 우리가 깨끗하게 치우면 되잖아."

혜영이 앱으로 피자집을 찾기 시작했다. 이런 집에 살면 어떤 피자를 자주 먹을까. 이 아파트 주민에게만 파는 특별한 피자가 있는 건 아닌지 궁금했다. 어쩌면 똑같은 피자인데 돈만 비싸게 받을지도 몰랐다. 평점이 높은 곳 중 배달 예상 시간이 가장 짧은 곳으로 주문했다.

10분이나 흘렀을까. 현관문 벨이 울렸다. 벌써? 정말 이곳 주민들만을 위해 상시 대기하는 가게라도 있는 건가. 현관문으로 달려가는데 혜영이 뭔가를 다급하게 가리켰다. 현관이 보이는 카메라 화면에는 얼핏 보기에 세 사람 정도 있었다. 피자 한 판을 세 사람이 함께 배달할 리는 없지 않나. 아까 그 중개사도 아니었다.

"집주인인가 봐."

"집주인이 벨을 왜 누르겠어."

그러자 도어록을 누르는 소리가 멀리서 들려왔다. 하지만 내가 이중으로 잠근 탓에 문은 열리지 않았다.

"경찰은 아니겠지?"

혜영이 발을 동동 굴렀다. 하지만 경찰관 제복을 입은 사람은 없었다. 설마 형사는 아닐 테고. 벨이 또 울렸다. 나는 스피커에 대고 누구냐고 물었다. 혜영이 옆에서 손사래를 치며 소리 없이 말렸지만 이미 엎질러진 물이었다. 가운데 여자가 카메라로 한 걸음 다가왔다.

"행운부동산이에요. 대박부동산에서 소개받은. 사장님 집에 계셨네요. 오늘 집 비우시는 줄 알았는데……. 말씀드린 대로 집 보러 오셨거든요. 지금 잠깐 실례할 수 있을까요?"

"안 됩니다. 죄송하지만 지금은 안 돼요."

나는 단호하게 거절했다. 혜영이 어쩔 작정이냐는 눈빛으로 쳐다봤다. 중개사가 난감해하는 모습이 카메라에 잡혔다. 뒤에 서 있는 사람들이 황당해하는 표정도 얼핏 보였다.

"사장님, 이분들 VVIP이시고 오늘 특별히 시간을 내주셨거든요."

VVIP? 내가 대답하지 않자 중개사가 얼굴을 더 들이댔다.

"아주 잠깐만이라도 시간을 내주시면 안 될까요?"

문득 VVIP는 도대체 어떤 사람인지 궁금해졌다. 어차피 저 사람들도 집을 보러 온 것이니 우리가 직접 소개해 주면 흥미로울 것 같기도 하고. 혜영은 자포자기한 듯, 하고 싶은 대로 하라며 뒷짐을 졌다.

문을 열어 주자 중개사가 환하게 웃었다. 협력 업체인 대박부동산 중개사에게 얘기 많이 들었다며 입에 발린 소리를 늘어놓았다. 보아하니 나를 집주인으로 철석같이 믿는 모양이었다.

중개사 뒤로는 젊은 남녀가 호기심 가득한 얼굴로 서 있었다. 우리 부부보다 더 어릴 것 같았다. 소개팅 자리에서 눈이 맞아 그 길로 집을 알아보고 다니는 사람처럼 옷을 단정하게 차려입은 상태였다. 너네, 돈은 있냐? 마음 같아선 단도직입적으로 묻고 싶었다. 그런데 왠지 이 사람들은 능력이 충분히 될 것 같은 느낌이었다. 선남선녀라고 했던가. 남자와 여자 모두 외모부터 장난 아니었고 풍기는 분위기도 남달랐다. 역시 인생은 불공평한 것인가. 유복한 환경에서 자란 친구들이 공부는 물론 자기 관리도 잘하고 능력도 좋고 투자에도 뛰어나고 배우자도…….

"실은 갑작스럽게 VVVIP가 오셔서요."

나는 혜영을 여자 친구라고 소개했다. 혜영은 당황한 얼굴로 인사했는데, 그래서 더 자연스러워 보였다. 막상 들어오라고 하니까 선남선녀는 다음에 와도 된다며 뒷걸음질을

쳤다. 나는 버선발로 나가 집으로 손님을 모셨다.

중개사가 VVIP에게 집 소개를 시작했다. 짜 놓은 각본이
라도 있는 듯 대박부동산 중개사와 거의 유사했다. 그래도
놓치는 부분이 있으면 내가 나서서 대신 설명해 줬다. 나의
친절함에 스스로 놀랄 지경이었다.

"그런데, 이렇게 좋은 집 놔두고 어디로 가시는 거예요?
여쭤봐도 될까요?"

이미 묻고 있으면서 물어봐도 되냐고 물어보는 심리는 뭘
까. 미인이 물어봐서 자동 반사적으로 대답이 나갔다.

"아, 저희도 반년 후에 결혼하거든요. 이 집도 좋긴 한데,
좀 더 넓은 집으로 가려고요. 자녀 계획도 있어서 아무래도
여기보단."

"능력이 정말 대단하신가 봐요. 이 집도 만만치 않잖아요.
부러워요."

미인이 남다른 시선으로 봐 주니까 괜히 어깨가 펴졌다.
그나저나 근래에 본 사람 중 가장 매력적인 여자였다. 가만
보니 몸매도 아주 기가 막혔다. 딱 들러붙는 옷을 입은 것도
아닌데 감출 수 없었다. 내 시선을 느꼈는지 혜영이 스윽 다
가와 팔짱을 끼고 힘을 꽉 실었다. 하마터면 아파서 비명을

권제훈

지를 뻔했다.

우린 주인 행세를 하며 집 구석구석 알려 줬다. 마치 우리의 추억이 깃든 곳인 것처럼. 선남선녀가 여기에 신혼살림을 꾸리면 정말 행복할 것 같다고 말했다. 두 사람은 어디서든 행복하게 잘 살겠지만, 여태껏 구경하러 온 사람 중에서 이 집과 가장 잘 어울리는 커플이라며 치켜세워 줬다. 미인이 꺄르르 웃는데 나도 웃어 넘어갈 뻔했다.

선남선녀가 드레스룸을 둘러보고 있을 때 피자가 도착했다. 이럴 줄 알았으면 한 판 더 시킬 걸 그랬다고 말했다가 혜영에게 등짝을 맞았다. 혜영이 피자를 나눠 먹자며 마음에도 없는 소리를 했다. 선남선녀는 배운 사람답게 서둘러 집을 나갔다. 나는 현관까지 배웅하면서도 이 집에 대한 자랑을 늘어놓았다. 그건 정말 진심이었다. 이 집이 정말 내 집 같고, 팔 거면 선남선녀에게 팔고 싶고, 또 그들이 여기서 행복하게 살길 바랐다.

얼떨결에 집 투어를 또 하고 나니 배가 진짜 고팠다. 우린 바닥에 엉덩이를 깔고 앉아 허겁지겁 피자를 먹었다. 서울 풍경을 보며 먹는 페퍼로니피자는 남달랐다.

"그 사람들, 이 집 살까?"

"살 수 있을 듯. 둘 다 장난 아니었잖아."

"뭐가 장난 아냐?"

그렇게 묻는 혜영의 눈빛이 사뭇 사나웠다. 몸을 사려야
할 때였다. 여자는 쏙 빼놓고 남자 얘기만 했다. 키 크고 잘
생기고 몸 다부지고 매너 좋고. 이 집을 보러 올 정도면 당연
히 능력도 될 테고.

"우리도 능력 되잖아?"

혜영이 피자 끄트머리 빵을 나에게 넘기며 물었다. 배부
르다며 그 부분은 항상 남겼다.

"우리? 충분하지."

한 조각도 남기지 않고 다 먹어 치웠더니 배가 불러 소파
에 등을 기댔다.

"오꾸빠들, 피자 먹고는 뭘 해?"

"자기 집처럼 쓰겠지. 눕고 싶으면 눕고 자고 싶으면 자고."

"하고 싶으면 하고?"

순간 소파에서 한강을 보며 섹스하고 싶은 격한 충동에
또 휩싸였다. 내가 갑자기 왜 이러는 걸까. 좋은 집에 살면 성
욕이 왕성해지기라도 하는 건가. 선남선녀도 이 집에서 앞으
로 수없이 많이 하겠지? 기념비적인 날, 잊지 못할 섹스. 나
는 예고 없이 혜영을 껴안고 키스를 퍼부었다. 피자치즈 향
이 났다. 페퍼로니 맛도. 혜영이 배부르다며 밀어냈다. 아쉬

웠지만 어쩔 수 없었다. 혜영은 평소와 달리 유난히 차분했다. 내가 더 미쳐 날뛰자 혜영이 균형을 맞춰 주었다.

바닥에 누워 잠시 눈을 감았다. 혜영도 나란히 누워 어떤 부동산 사장님에게 들은 얘기를 해 줬다. 이런 집에서 월세 몇천만 원씩 내고 사는 사람도 있대. 그 정도 능력이면 그냥 집을 사는 게 낫지 않나, 세금 때문에 안 사는 건가. 가진 돈 없이 대출로만 집을 사서 월세를 내주고 차익을 얻는 사람도 있다는데. 우리도 그러면 되지 않을까. 하지만 그만큼 대출이 나올지 의문이었다. 하긴 대출이 곧 능력이니까.

이 집에도 누군가 숨어서 살고 있을 것 같다며 영화 〈기생충〉 얘기도 했다. 혜영과 함께 영화관에서 봤었는데. 영화를 보는 중에도 집으로 돌아오는 길에도 마음이 영 불편했다. 영화는 보통 남 일이고 다른 사람의 인생이기 마련인데……. 혜영과 떡볶이, 순대, 어묵을 시켜서 소주를 마시는데 송강호 가족이 계속 눈에 밟혔다. 우리가 가정을 꾸리게 된다면 이선균보다는 송강호에 가까울 테니까. 혜영은 그때 사뭇 다른 해석을 내놓았다. 이 영화가 말하고자 하는 바는 다름 아닌 4인 가족에 대한 경고라고. 이선균 가족도 좆 되는 건 마찬가지라며. 그러면서 우린 결혼해도 아이를 가지지 말자고 했었지 아마. 취해서 격하게 고개를 끄덕였던 것 같다.

"아직 그 집에 있었어요? 사장님, 정말."

이쯤이면 연락이 올 때가 되었다고 생각하는데 귀신같이 전화가 왔다. 나는 혜영의 전화를 가로챘다.

"안 그래도 전화를 드리려던 참이었어요. 집 사려고요. 저희가 살게요."

"와, 대박! 정말 그러시겠어요? 잘 생각하셨어요. 실거주는 말할 것도 없고 투자로도 그만한 집이 없어요."

집을 산다고 하니 중개사의 말투가 싹 달라지면서 자동응답기처럼 멘트가 나왔다. 그래도 양심은 있는지 수수료를 따따블로 줄 거냐고 묻진 않았다.

"이렇게 좋은 집을 소개해 주셔서 저희가 더 감사하죠. 아무에게나 보여 주는 집도 아니라면서요. 사장님께서 다 애써 주신 덕분이죠."

그리고 우린 거래가에 대해 심도 있는 대화를 나눴다. 얼마라고 했지? 50억? 80억? 100억이 넘는다 한들 아무런 상관없었다. 중개사는 급매여서 싼 거라며, 오늘 지나면 다른 누가 낚아챌 수도 있다며 뻔한 소리를 했다. 나는 굳이 더 깎을 생각은 없다며, 이미 충분히 저렴한 거 같다며, 가치 있는 집은 그 진가를 알아봐 주는 사람에게 돌아가야 한다며 너스레를 떨었다. 중개사가 행복해하는 얼굴이 눈에 선했다. 집주인에게 연락해 보고 바로 전화를 주겠다며 끊었다. 혜영은 이미 신발을 신고 있었다. 서둘러 집을 빠져나가며 초시계를 확인했다. 3시간이 훌쩍 넘어 있었다.

이 기록을 깰 수 있는 날이 또 올까.

*

집으로 돌아오는 길은 멀었다. 지하철을 세 번 갈아타고 마을버스까지 탔다. 중개사로부터 전화와 문자가 빗발쳤지만 무시했다. 우리 차는 오피스텔 주차장에 곤히 잠자고 있었다. 특별한 집을 보기 위해 녀석을 끌고 나갈 순 없었다. 언덕길을 올라가며 혜영에게 물었다.

만약 오꾸빠들이 우리 집을 차지하고 있으면 어쩔 거야. 그럼 우리도 오늘 본 집처럼 훨씬 더 좋은 집을 점거하자. 어디든 들어가면 일단 피자부터 주문하고. 오늘 피자 먹었으니까 족발이나 보쌈은 어때? 족발을 시킬 거면 불족으로 하자. 불족에 마늘보쌈? 그건 조합이 좀 이상하지 않아? 뭐 어때. 그런데 진짜 그랬으면 좋겠어. 어느 날 일시에 자기가 살 집을 고르게 해 주는 거지. 말도 안 돼, 무슨 기준으로 그럴 거야? 기준이 어딨어, 선착순이지. 일단 여의도에 다 몰아넣은 다음 호루라기 소리에 맞춰 부리나케 뛰는 거야. 여의도에 다 집어넣을 수 있을까. 그럼 밤섬, 선유도, 또 뭐 있냐, 하늘공원, 노을공원, 월드컵경기장, 잠실운동장 이런 데로 나눠서 다 밀어 넣어. 아니면 한강을 따라 줄을 쫙 세우든가. 그러곤? 미친 듯이 달리는 거지. 마음에 드는 집에 들어가서, 찜! 이렇게 외치면 끝! 어때? 공정하지? 공정은 개뿔. 달리기 잘하는 사람이 유리하잖아. 자기 100m 몇 초야? 19초 정도? 와, 달팽이야? 달팽이보단 빠르지. 그러는 자기는? 나? 100m는 기억도 안 나고 오래달리기? 그거 뛰다가 토한 적은 있어. 망했네. 제길, 달리기는 안 되겠다. 다른 건 돼? 〈오징어 게임〉처럼 무궁화꽃이 피었습니다? 달고나? 먹는 건 자신 있는데. 먹방 유튜버들이 얼마나 많은데? 쉽지 않네. 그래서 오꾸빠를 하는가 봐. 우리나라에서 그러다 잡히면 감옥 가겠지? 콩밥 먹고 싶진 않은데. 어렵다. 그냥, 돈이나 존나 벌자. 어떻게? 회사 열심히 다녀야지.

"준철아, 회사 열심히 다니면 오늘 본 그 집 우리도 살 수 있니?"

그렇게 말하며 혜영이 웃었다. 처음엔 코웃음 수준이었는데 실실거리더니 급기야 박장대소했다. 이게 웃을 일인가 싶어 멀뚱히 지켜보았다. 그러다 나도 모르게 실실 웃게 됐고

권제훈

이내 혜영처럼 소리 내어 웃기 시작했다. 반려견과 산책하던 어떤 할머니가 우릴 이상하게 쳐다보았다.

"할머니, 혹시 오꾸빠 해 보셨어요?"

내가 대뜸 물었는데 할머니가 천천히 고개를 끄덕이며 다가왔다. 무서운 마음에 도망치듯 달렸다. 개가 우릴 향해 마구 짖어 댔다.

"오꾸빠 오꾸빠."

엘리베이터를 기다리면서 소심하게 외쳤다.

"왜?"

"오꾸빠 오꾸빠."

"뭐 해? 갑자기 왜 그래?"

엘리베이터를 타고 2층을 꾹 누르며 조금 더 크게 소리쳤다.

"오꾸빠 오꾸빠."

"오꾸빠 오꾸빠."

이번엔 혜영도 따라 했다. 우린 오꾸빠를 크게 외치며 집으로 입장했다. 오꾸빠 오꾸빠, 오꾸빠 오꾸빠, 오꾸빠 오꾸빠. 난 옷을 홀러덩 벗고 팬티만 입은 채 뛰기 시작했다. 혜영도 속옷 차림으로 이상한 춤을 췄다. 춤 실력으로도 우린 가망이 없을 듯했다. 그 사실이 너무 슬프고 몹시 서러워 더 격하게 뛰었다. 홧김에 팬티마저 벗으려니까 혜영이 덜렁거리는 거 보기 싫다며 소리를 질렀다. 팬티를 주섬주섬 올리고 방을 이리저리 전력 질주했다. 다행히 아래층은 필로티여서 사람이 없었다. 있으면 어쩌겠는가. 여긴 내 집인데, 월세도 빠지지 않고 꼬박꼬박 내고 있는데.

오꾸빠 오꾸빠, 오꾸빠 오꾸빠, 오꾸빠 오꾸빠, 오꾸빠 오꾸빠⋯⋯.

고향을 떠나 서울로 모여든 많은 이들이 그렇듯, 나 또한 꽤 오랫동안 방 한 칸 신세를 면치 못했다. 두세 사람이 나란히 어깨를 붙이고 누울 수 있긴 했지만 몇 평이냐고 따지고 들기가 민망한 공간이었다. 방 상태는 변변치 않았고 화장실은 다른 이와 공유해야만 했다.

희한하게 방을 쪼개어 창문이 없던 방, 주인집으로 올라가는 계단이 내 방의 창을 사선으로 가로지르고 있던 반지하, 각종 벌레가 수시로 놀러 왔던 방, 온종일 햇빛이 전혀 들어오지 않던 반지하, 겨울에 온갖 옷을 다 껴입고도 부족해 돗자리까지 덮고 자야 했던 방.

그곳에도 낭만이 있었고 나름 행복하다면 행복했다. 그렇다고 다시 그곳으로 돌아가고 싶진 않다. 그런 곳에서는 그 누구도 살지 않았으면 하는 바람이다. 그 시절 화장실을 함께 썼던 사람들은 지금 어떻게 지내고 있을까. 잉어를 직접 요리해 주었던 중국인 형, 프라이팬에 난을 예쁘게 구워 줬던 파키스탄인 형, 만취해 들어와 벌거벗은 채로 거실에 자고 있던 후배, 부모님이 보내 주신 김치와 반찬을 나눠 주었던 선배, 흔쾌히 보증금을 대신 내 줬던 동기 그리고 그 좁은 집에 구태여 찾아와 함께 라면을 끓여 먹으며 술잔을 기울였던 친구들에게 안부를 전하고 싶다.

유령들

김성준

푸어. 푸어. 푸어.

봉수 아버지가 물을 튀기며 세수했다.

봉수는 저 불길한 소리가 듣기 싫어 아침마다 귀를 막았다. 아버지가 푸어 소리를 내면 온 가족이 입을 꾹 다문다. 애들 교육시키다가 가난해진 에듀푸어 누나, 외제차를 리스로 구매했다가 카푸어가 된 형, 자식들 키우느라 가난한 노후를 맞은 실버푸어 봉수의 부모. 무엇보다 가족들 중 누구도 아직 내 집 마련을 못 했다. 모두가 전월세 난민으로 떠도는 하우스푸어였다. 온 가족이 가난했다. 봉수는 그 가난을 대물림하기 위해 박봉이 예정된 공무원이 되고자 노량진으로 떠났다. 물론 노량진 고시원에 월세를 내며.

*

봉수는 입맛이 텁텁했던지 다 마신 종이컵에 연신 침을 찍찍 뱉었다. 고급이든 일반이든 둘 다 200원. 아무리 마셔 봐야 맛도 같다. 고급 커피와 일반 커피의 차이점이란 도대체 무어란 말인가. 그는 무뚝뚝하게 서 있는 자판기에게 물어보고 싶은 충동을 느꼈다. 이렇듯 도무지 풀 수 없는 문제가 더러 있다. 그 문제 풀이란 게 시험에도 나오지 않는 하나마나 한 짓이라면 난처해진다. 모르고 넘어가자니 찜찜하고, 알려고 들면 시험에 안 나온다.

봉수는 이 사소한 문제의 해결을 저녁 티타임으로 미뤄버리고 주머니에서 담뱃갑을 꺼냈다. 이제 막 한 개비를 꼬나물려는데 찬호가 그걸 얼른 낚아챘다. 봉수는 담뱃갑 속에 남은 개비 수를 확인하고는 쯧, 짜증스레 혀를 찼다.

"두 가지 종류의 인간이 있어."

쭈그려 앉아 잠자코 담배를 피우던 찬호가 입을 뗐다. 장초가 짤막해질 때까지 저 말을 지어내느라 아무런 말이 없었나 보다, 하고 봉수는 들릴 듯 말 듯 씨우적거렸다.

"어떤 종류요?"

이건 무슨 술 상무도 아니고 되지도 않는 소리를 일일이

김성준

상대해 주는 일에도 슬슬 짜증이 치받던 참이었다. 그래도 형이라지 않는가.

"고급 커피와 일반 커피."

이 무슨 시험에도 안 나오는 난감한 문제란 말인가. 봉수는 그게 무슨 말인가 싶어 찬호를 빤히 쳐다봤다. 찬호는 담배를 비벼 끈 후 끙 소리를 내며 일어났다.

"가자. 상규 시간이다. 늦으면 질문받는다."

*

봉수, 올해 나이 스물아홉. 노량진 수험가의 평균 연령쯤 됐는데, 그게 그로서는 작으나마 위안이 되었다. 벌써 스물아홉인가 싶어 울적해지기라도 하면, 아직 서른은 아니라는 하나 마나 한 자위를 하는 것이었다. 한편으론 이미 서른이 된 찬호가 약간은 애처로우면서도 잔인한 고소함을 느끼는 근거가 되기도 했다. 게다가 이 바닥에 찬호보다 1년 일찍 뛰어들기도 했다. 실제로는 두 살이 어린 셈이군. 봉수는 나이에 비해 늙어 보이는 찬호를 볼 때마다 작은 기쁨을 느꼈다.

찬호는 한 살 어린 봉수가 마냥 불쌍하기만 했다. 군복무 시절 찬호 아버지는 대단했다. 미군과의 축구 시합, 일대일 상황에서 경기 종료 1분 전. 단상 위에 점잖게 앉아 있던 연대장은 속이 타들어 갔다. 그는 옆에 앉은 미군 소령 하워드의 존재를 까맣게 잊어버린 채 벌떡 일어나 외쳤다.

"이 새끼들아, 전투에서 이기지 못하는 자식들은 영창으로 행군이다!"

영창이라니! 정기 휴가를 이틀 앞둔 찬호 아버지는 두려움에 몸을 부르르 떨었다. 가뜩이나 군청 주최 무화과아가씨 선발 대회에서 입상한 애인 숙자가 기다리고 있지 않은가. 숙자 때문에 흘린 읍내 사내놈들의 침이 우물을 이루고도 남을 지경이었다. 이번 휴가 때 애인 단속을 단단히 해 두어야 했다. 그런데 이 양키들 때문에 영창이라니! 찬호 아버지는 돌연 분기탱천해서 두 주먹을 꽉 쥐었다. 저기, 저 양키 골대에 우리 숙자가 묶여 있다! 찬호 아버지는 미군 골네트를 아예 찢어발길 참이었다. 그는 태클을 걸어 오는 존슨 병장을 제치고, 반칙을 일삼는 스미스 하사를 되레 자빠뜨렸다. 그가 드디어 미군 골키퍼의 면상을 향해 강한 슛을 날리자 육중한 골키퍼는 사타구니를 오므리는 것도 부족해 우는 아이처럼 양손으로 얼굴을 가렸다. 마침내 골네트가 넘실거리자 연대장은 경기장으로 뛰어가 왜소한 일병을 얼싸안고 헹가래를 쳤다. 작지만 강한 군대! 찬호 아버지는 당분간 연대의

김성준

귀감이 되었다. 그는 헹가래가 끝난 후에야 십자인대에 명예로운 갈지자 훈장이 새겨졌음을 알았다. 연대장은 '전투' 중에 부상당한 찬호 아버지가 유공자가 될 수 있도록 각별히 신경 썼다. 연대장이 여기저기 분주히 다니는 동안 찬호 아버지는 집에는 들르지도 않고 휴가를 통째로 애인과 보냈다. 찬호는 갓난아기 때 병장 아버지 면회를 간 적이 있다. 비록 은수저는 못 물고 태어났어도 공무원 시험 가산점은 쥐고 태어난 이유다. 찬호가 공무원 수험생이 된 건 순전히 미군 병장 존슨이 태클에 실패했기 때문이다.

찬호가 국가유공자 가산점 수혜자라는 사실을 처음 알았을 때 봉수는 떨떠름한 말투로 잘됐다느니, 축하한다느니 마음에도 없는 소리를 했다. 그러고는 시험과 전혀 무관한 향토예비군설치법을 열심히 뒤졌다. 향토예비군설치법 제9조와 동법 시행령 제19조는 봉수에게 길을 보여 주었다. 꼼꼼한 봉수는 유관 기관에 문의도 해 보았다. "네, 맞습니다. 예비군대원으로 동원되어 임무 수행 또는 훈련 중에 …… 국가유공자 등 예우 및 지원에 관한 법률에 의한 보상 대상자로 등록이 가능합니다." 담당 공무원은 이 투철한 군인 정신으로 무장한 예비군에게 친절한 설명을 늘어놓았다. 핵심은 이거였다. 다치면 유공자. 그때부터 봉수는 이전의 태만한 태도를 버리고 솔선수범 훈련에 임했다. 산악 고지 점령 훈련에서는 가장 빨리 정상까지 달렸고, 유격 훈련장에서는 압도적인 속도로 장애물을 돌파했다. 모의 시가지 전투에서는 페인트탄으로 벌집이 되었지만 어떤 육박전이라도 마다하지 않을 기세였다. 봉수의 칼빈 소총에 대검이라도 꽂혀 있었더라면 정말 여러 사람 다쳤을 분위기였다. 봉수는 벌떡거리는 심장을 움켜쥔 채 소망했다. 제발 다치자. 그래야 병무청이 가산점을 챙겨 준다. 제발, 제발! 그러나 끝내 다칠 수 없었다. 예비군 훈련장에는 도무지 다칠 일이 없었다. 돌아오는 건 감격한 동대장의 격찬과 동료 예비군들의 당혹스러운 눈빛뿐이었다. 용맹한 예비군의 출현 소식을 들은 대대장은 군용 오이비누 한 세트를 봉수에게 선물로 주었다. 이 무슨 일반 커피 같은 팔자란 말인가.

*

봉수는 『愛國史』를 펼쳤다. 벌써 3년째 매일 보는, 책이라기보다는 걸레에 가까운 사물이다. 실제로 그는 책상에 음료수를 쏟을 때면 『愛國史』로 대충 쓱싹 문지른다. 이젠 손끝의 감각만으로 타임머신의 목표 연도를 정확히 조절할 수 있

김성준

다. 자, 549쪽 임진왜란 폅니다. 국사 선생 상규다. 상규가 말
해 주기도 전에 봉수의 오른손 검지는 임진란 왜장의 목을
푹 찌르고 있다.

찬호는 『죄와 벌 형법』을 몰래 꺼냈다. 형법이 가장 약하
다는 게 이유라면 이유다. 그렇다고 형법 시간에 형법을 공
부하는 건 아니다. 형법 시간에 영어 공부 하고, 국사 시간에
는 형법 공부 하는 게 찬호의 희한한 재주다. 찬호가 꼴통 같
은 짓을 하든 짬뽕 전문점 가서 짜장면을 먹든 봉수가 상관
할 바 아니었다. 그러나 봉수는 그것도 못마땅했다. 어지간
한 여유가 아니고서야 저 짓을 할 수 없을 텐데, 생각하면 할
수록 결론은 고급 커피와 일반 커피로 귀결된다.

"어이, 거기 꺼벙한 학생! 지금 뭐 보나?"

상규다. 상규가 마침내 찬호를 발견했다. 상규는 자기 쉬
고 싶을 때는 어김없이 딴짓하는 학생을 골라낸다.

"『죄와 벌 형법』? 톨스토이냐?"

고개를 푹 숙인 찬호 앞으로 상규가 바짝 다가섰다. 찬호
의 어벙한 얼굴을 물끄러미 쳐다보던 상규는 뭔가 찝찝함을
느꼈다. 자신이 방금 뭔가 심각한 말실수를 했고, 그 때문에
학생들이 자기를 무식한 강사로 볼지도 모르며, 어쩌면 그
이유로 수강생이 줄어들지도 모른다는 소심한 상상이 텅 빈

머리통 속으로 왔다 갔다 했다. 그 상상 탓인지 상규는 찬호가 더 미워 보였다. 그러나 자신은 단과 강사가 아니라 여러 강사가 한꺼번에 묶인 종합반 강사이므로 학생들이 쉽게 빠져나갈 수는 없으리라는 긍정의 에너지가 분비되자 기분이 조금은 나아졌다.

"여러분들, 혹시 제가 다른 교수님들보다 어리다고 우스워 보이나요?"

상규가 수강생이 가장 많은 쪽을 휙 돌아보며 소리쳤다. 아니요……. 수강생들이 마지못해 대답했다. 극도의 졸음이 음성에 어떤 영향을 미칠 수 있는가를 봉수는 다시금 확인했다. 봉수는 본드라도 흡인한 듯한 눈빛으로 고개를 절레절레 저었다.

"고생하시는 부모님 생각하면 이래선 안 되죠."

찬호는 『죄와 벌 형법』을 그대로 펼쳐 두지도, 이제 와서 도로 집어넣지도 못한 채 어정쩡하게 있었다.

"물론 모두 힘든 거 알아요. 점심 먹고 나면 졸린 게 당연할 테죠. 하지만 노력 없이 얻는 게 있나요? 땀 흘리지 않고 정복되는 산이 있던가요?"

노력, 땀, 산……. 노력, 땀, 산……. 봉수는 이 아무 죄 없는 낱말들마저 미워하게 만들 줄 아는 상규의 놀라운 능력에 식은땀이 줄줄 흐를 지경이었다.

"그럼 잠도 깰 겸 잠시 쉬기로 하죠."

봉수는 손에서 펜을 놓았고, 찬호는 코를 긁적거렸다. 그건 멋쩍을 때마다 하는 찬호의 버릇이다.

"교수님, 질문 있습니다!"

상규가 출입문 손잡이를 채 잡기도 전에 간달프가 손을 번쩍 들었다. 키가 190cm는 족히 될 법한, 그러나 노량진에서 이미 늙을 대로 늙어 버린 수험생을 찬호와 봉수는 그렇게 부른다. 아, 저 새끼가 정말! 봉수와 찬호는 눈빛으로 공동의 적에게 욕을 퍼부었다.

"뭐죠? 이봐, 죄와 벌 거기 앉아. 질문에 대한 대답 듣고 나가야지!"

상규는 가장 먼저 벌떡 일어선 찬호를 손가락만 사용해서 도로 앉혔다.

"조선시대 수령칠사(守令七事)가 헷갈립니다. 교수님의 『愛國史』에는 풍속 교정도 수령칠사의 역할에 포함된다고 나와 있습니다만, 다른 교수님 책을 보면 풍속 교정은 유향소의 기능이라고 적혀 있습니다. 어느 쪽이 옳은가요?"

300명의 학생이 상규의 대답을 기다렸다. 대답을 듣고 나가려던 상규는 식은땀을 줄줄 흘리며 방금 자신이 한 말을 후

회했다. 상규는 간달프에게 다가가더니 뭐라고 속닥거리며 대화를 나눴다. 그리고 사이좋게 둘이 같이 책도 뒤적였다. 누가 보더라도 간달프가 강사고, 상규가 학생 같아 보였다.

"저것도 질문이라고 하냐. 시험에 나올 만한 걸 물어봐라."

찬호가 실실 쪼갰다. 봉수는 그것도 못마땅해 아는 체 한 마디 보탰다.

"간달프가 물은 거 기출문제에 있어요. 종묘에서 태조의 신위는 불천지주(不遷之主)로 배향을 받는지 아닌지, 종묘사직의 위치는 『주례(周禮)』에 따른 것인지 아닌지도 시험에 나오는 세상인데요."

"『불천지주』? 그거 20권 나올 때 되지 않았냐?"

*

봉수는 어둑어둑한 노량진 거리에서 시린 손을 비비며 찬호에게 몇 번이나 전화를 걸었다. 찬호는 받지 않았다. 혼잡한 인파가 봉수의 어깨를 치고 갈 때마다 그는 신경질이 치밀어 올랐다. 낡은 가로등 아래에서 봉수는 핸드폰을 만지작거리며 우두커니 서 있었다. 어두컴컴한 거리를 걷는 수험생들은 흑백 무성영화의 단역들처럼 한 마디 발성 없이, 어둑

김성준

어둑한 얼굴로 사라지고 있었다. 뿌연 오렌지빛 가로등 불빛을 받는 봉수만이 외로운 배우처럼 자신만의 무대에서 왔다 갔다 하고 있었다.

봉수는 피시방 몇 군데를 돌다가 만화방에서 겨우 찬호를 찾을 수 있었다. 찬호는 『불천지주(佛天志主)』제20권을 심각한 눈매로 읽어 나가고 있었다. 그는 봉수가 왔는지도 몰랐다. 봉수는 한참이나 빤히 찬호를 쳐다봤다. 더러 눈에 힘을 주다가, 키득키득 웃다가, 흠 신음 소리를 뱉기를 여러 번, 마침내 무협지를 덮은 찬호는 허허로운 만화방 천장에서 주인공 불천의 얼굴을 발견했다. 웬일인지 불천은 봉수를 닮은 듯했다.

"형! 왜 전화 안 받았어요?"

봉수는 마(魔)의 결계를 풀어 찬호를 끄집어냈다.

"어? 전화했었냐? 왜 안 울렸지. 진동으로 해 뒀나 보다."

찬호는 꾸물거리며 벗어 놓은 잠바 주머니에서 핸드폰을 찾았다.

"근데 오늘 형법 수업 있지 않았어요?"

"아까 했잖아, 상규 시간에……. 근데 왜? 밥 먹자고?"

형, 저 돈 좀 빌려주세요, 라는 말이 굳어 버린 혀에 막혀 입 밖으로 나오질 못했다.

"……네."

봉수는 그냥 길에 서서 2,500원짜리 컵밥을 먹자고 했지만 찬호는 한사코 보쌈집을 고집했다. 그렇잖아도 간달프가 컵밥집 앞에 전봇대처럼 꽂힌 채 우걱우걱 씹어 먹고 있어서 옆에 가기 꺼림칙했다. 하지만 이 형이 자기 먹고 싶은 거 먹어 놓고 갹출을 할 참인가 싶어 봉수는 보쌈집 문 앞에서 망설였다.

"이번엔 내가 살게. 들어가자."

찬호가 해죽해죽 쪼개고서야 봉수는 보쌈집 안으로 들어갈 수 있었다.

보쌈집에는 국사 선생 상규가 새로 온 영어 선생과 마주 앉아 있었다. 상규는 주먹만 하게 싼 쌈을 툽상스럽게 입으로 쑤셔 넣고 있었는데 끈적한 돼지기름이 생삼겹처럼 두툼한 입술을 적셔 그의 인생을 더 기름져 보이게 했다. 둘은 상규를 알은체도 않고 구석 자리를 찾아 앉았다.

찬호는 보쌈을 씹으며 속닥속닥 상규도 같이 씹어 댔다. 어린놈이 경력도 없이 무슨 강사냐. 쟤 군대를 안 갔다 와서 나보다 고작 세 살 많은 거 알고 있냐. 저놈 저거 남의 책 짜기워서 벌어먹는 놈이다. 그리고 학원 강사가 무슨 교수냐, 교수는. 저거 또 순진한 여자한테 수작 건다. 위대한 국어 최

　　　　　김성준

명지한테는 차였나 보다.

봉수는 고개를 격하게 끄덕였지만 그게 동의의 의미인지 보쌈이 맛있어서인지는 분명치 않았다. 봉수로서는 밥 먹을 때마다 남 흉보는 찬호의 입버릇이 여간 거슬리는 게 아니었다. 그만 좀 하시라고 몇 번 타일러도 봤지만 그럴 때마다 내 말이 틀렸느냐고 면박을 줄 때면 뭐라 항변할 근거가 없었다. 말의 내용 자체는 매번 옳았기 때문이다.

찬호가 젓가락을 놓고 만족스럽게 트림을 할 때, 봉수는 인상을 찌푸리는 대신 우정의 척도에 대해 잠시 생각해 보았다. 우정이란 건 수육과 보쌈김치처럼 한쪽을 상실하고서는 나머지 한쪽의 존재 이유도 덩달아 실종되는 거창한 것은 결코 아니다. 봉수의 경험이나 인간관계로 봐선 더더욱 그렇다. 그러나 보쌈조차도 2만 원짜리 알뜰세트부터 4만 원짜리 패밀리세트에 이르기까지 가격에 따라 양과 품질을 달리하지 않는가. 대개의 우정이란 보쌈과 같아서 오가는 가격에 따라 그 맛의 깊이가 달라질 수 있지는 않을까, 봉수는 헤아렸다. 이제 서로 알고 지낸 지도 어느덧 1년, 이쯤에서 이 형과의 우정이란 과연 무슨 세트인가가 봉수는 궁금해졌다. 그래서 마침내 입을 열었다.

"형, 혹시 돈 좀 있으세요? 한 열흘 후면 드릴 수 있어요.

갚으라고 독촉하기 전에 꼭 갚아 드릴게요!"

봉수는 한 문장을 한 음절로 압축하듯 순식간에 내뱉었
다. 찬호는 잠바에 팔을 집어넣다가 방금 뭐가 쌩하고 지나
간 것 같아 멍청하게 눈꺼풀만 씀벅거렸다.

"돈? 나 카드밖에 없어. 현금은 없어. 생활비를 현금으로
주면 어디다 쓰는지 엄마가 알 길이 없다고."

카드밖에 없다는 찬호가 카드로 결제를 할 때 봉수는 찬
호의 지갑 속을 힐끔 쳐다봤다. 달랑 2,000원. 봉수는 이 진
정성 있는 형과의 우정은 현금 일시불이 아니라 카드 할부로
조금씩 형성해 가야겠다고 다짐했다.

*

술 취해 들어온 505호 아저씨가 울먹이며 봉수의 방문을
쿵쿵 쳤다. 봉수는 잠을 깨워 준 아저씨에게 고마워하며 꿉
꿉한 이불을 발로 찼다. 창문도 없이 밀폐된 공간이라 어차
피 오래 자기도 싫었다. 봉수는 만약 이 방에서 고독하게 죽
는다면 몸뚱이가 방과 함께 매장되리라 짐작했다. 며칠째 열
리지 않는 봉수의 방문. 출동한 소방관은 봉수의 시신을 발
견하고는 구청에 문의를 할 것이다. "고시원에서 시신을 발

김성준

견했습니다. 신원이 밝혀지지 않았는데 어떻게 처리를 해야 하나요?" 구청 직원은 아마 이렇게 답할 것이다. "어차피 방이나 관이나 마찬가지인데 그냥 방과 함께 묻어 버리세요."

시계를 보니 자정 1분 전. 곧 알람이 울릴 것이므로 봉수는 알람 기능을 껐다. 살며시 504호를 빠져나오는데 맞은편 510호 찬호 방에서 여자의 간드러진 신음 소리가 들렸다. 보나마나 찬호가 컴퓨터 속에서 사육한다는 미도리다. 찬호의 복잡한 여자관계에 관심을 두지 않는 봉수는 자전거 열쇠를 만지작거리며 계단을 내려갔다. 페트병이 바람에 떠밀려 공처럼 굴러가고 있었다. 봉수는 찬 바람에 눈이 알알했던지 눈물을 찔끔 흘리며 자전거 잠금장치를 풀었다.

봉수의 바람은 언제나 거꾸로 분다. 봉수가 페달을 밟는 방향을 용케도 인지하는 건지 항상 맞바람이 불어온다. 그 바람은 태어날 때부터 늘 불어왔다. 봉수는 이해할 수 없었다. 살면서 단 한 번도 '내 집'이란 곳에서 두 발 뻗고 자 본 적 없었다. 늘 이사를 다녀야 했고, 그럴 때마다 새로운 친구를 사귀느라 애를 먹어야 했다. 봉수는 도무지 이해할 수 없었다. 평생을 맞벌이로 일하고도 아직 서울 귀퉁이에 아파트 한 칸 마련 못 한 부모의 무능을 도무지 이해할 수가 없었다. 친구들의 부모는 아파트를 가지고 새로운 아파트를 마련하는 마술을 부려 댔다. 그런 마술을 부릴 때마다 친구들의 집은 부자가 되어 갔다. 봉수네는 그런 아파트를 전전하며 평생 전세살이를 했다. 그렇다고 봉수는 자신은 내 집 마련을 할 수 있노라 큰소리치지도 못했다. 공무원에 합격한다 한들 대를 이은 가난은 예정된 것이었다.

봉수는 예비 새싹들을 위해 줄을 섰다. 멀리 세워 둔 고물 자전거가 도둑맞지나 않을까 한 번씩 돌아볼 뿐, 어려운 건 없다. 이 유치원에서 싹을 틔우면 영어로 대화를 한단다.

뭐 결국 노량진으로 오겠지. 봉수는 조금씩 줄어드는 줄에서 컵라면을 먹으며 예비 유치원생들의 운명을 결정지었다. 하지만 내가 입학시킬 애는 유치원에서부터 영어를 배울 테니 공무원 시험 합격 확률이 더 높겠지. 영어 점수가 70점에도 못 미치는 봉수는 유치원부터 다시 시작하고 싶었다. 국물까지 다 마신 봉수는 문득 새싹들이 부러웠다.

대체 줄이 얼마나 남았는지 궁금해 봉수는 앞쪽을 힐끔거렸지만 전봇대 같은 녀석의 뒤통수에 시야가 막혀 짜증스러웠다. 어디서 많이 본 뒤통수인데, 하며 봉수가 빤히 쳐다보는데 그 뒤통수 녀석이 우월감에 취한 눈빛으로 자신보다 뒤에 처진 이들을 돌아보았다. 녀석이 추위에 떨며 앙상한 몸을 옹그릴수록 얇은 잠바가 바람개비처럼 더 요란스럽게 팔

김성준

랑거렸다. 아니 저놈은 간달프!

"어? 혹시……?"

간달프가 멀리서 내려다보며 봉수에게 말을 걸었다. 봉수는 짐승 같은 감각으로 간달프에게 친한 척을 하며 다가갔다. 하나, 둘, 셋, 넷, 다섯…… 무려 아홉 명을 제치며. 봉수의 바람은 사소한 행운에 한해서 순방향으로 불어 줄 때도 있었다.

"하하. 혹시!"

봉수는 과장을 해 가며 반가워했다. 그러면서 슬쩍 간달프 바로 뒤로 끼어들었다. 가까이서 보니 더 늙어 보이는 녀석이다. 얼굴이 자체로 천자문이었는데, 이마에는 석 삼(三)이 깊이 팬 배수로처럼 자리를 확고히 잡았고, 그 아래 미간에는 배수로를 따라 내 천(川)이 흘렀다. 입가에는 여덟 팔(八)이 메기수염처럼 들러붙었고, 콧물을 삼키려고 코를 큼큼거릴 때에는 보이지도 않던 열 십(十)이 콧잔등에 나타났다 사라지곤 했다. 도대체 이 녀석은 나와 동갑인가 띠동갑인가! 그러나 당혹스러움도 잠시, 뒤에서 노려보는 아홉 명의 시선을 의식했기에 봉수는 끊임없이 뭔가 말을 해야 했다. 간달프와 자신은 매우 친한 사이란 걸 그들에게 어떻게든 납득시켜야만 했다. 간달프도 봉수의 서글서글한 친화력이 마음에 들었다.

군대 동기와 만나면 군대 얘기 하기 마련이다. 간달프와 봉수는 앞쪽 열 명이 집으로 돌아갈 때까지 자신의 아르바이트 경력에 대해 경쟁하듯 늘어놓았다. 간달프가 쐐기를 박듯 예비군 훈련 대리 출석을 꺼낼 때, 봉수는 룸살롱 웨이터 경험을 들먹일까 싶었지만 그냥 예의상 우와! 대단하군요! 라고 호들갑을 떨어 주었다. 기분이 좋아진 간달프는 자신을 가로막는 직선이 사라질 때까지 아르바이트 얘기만 해 댔다.

"한 건 더 해 볼래요?"

눈을 비비는 봉수에게 간달프가 따뜻한 일반 커피를 건네며 물었다.

"뭔데요?"

"비슷한 거예요. 하실 거면 따라오세요."

봉수는 간달프를 따라 2호선 첫 차를 타고 왕십리로 향했다. 왕십리역 광장에는 이미 몇 개의 점이 스마트폰을 만지작거리며 새벽별처럼 반짝거리고 있었다. 봉수와 간달프도 그 점에 뒤섞여 다시금 직선을 형성했다.

"이건 얼마 주나요?"

"쉬운 거라서 3만 원 준다고 합디다. 줄 서 있다가 게임 한정판 시디 받아 가면 돼요."

"누구한테 갖다주면 되나요?"

김성준

봉수가 하품을 하며 물었다.

"유치원생이랍니다."

간달프도 하품을 하며 대꾸했다.

*

더러 떠나는 자가 생겼다. 그만큼의 빈자리는 새로 들어온 자가 메웠다. 정부는 고졸 출신을 우대해야 한다는 대통령의 정치 철학을 발표했다. 연이어 여러 정책이 탁상에서 연구되었다. 다음 시험부터 공무원 시험 과목을 개편하자는 결론이 내려졌다. 이제는 고등학교 교과목만 공부해도 공무원이 될 수 있는 세상이 활짝 열렸다. 물론 수험생과 상의할 필요는 없었다.

대학 안 나오면 인간 대접 못 받는다 해서 등록금 대출을 받아 가며 대학을 졸업한 봉수와 간달프였다. 찬호는 서울에 있는 아무 대학이라도 가기 위해 3수를 해야 했다. 그들 모두 대통령의 배려에 허탈해졌다.

인생은 가도 가도 제자리. 앞으로 몇 발짝 걸어가 봤자 맞바람에 밀리면 어차피 제자리걸음. 막 서른이 된 봉수는 책꽂이에 꽂힌 국어, 영어, 국사 교재를 맥없이 바라보았다. 몇 년의 이별 후에 다시 만난 과목들인가. 수능과 동시에 봉수의 뇌는 불필요한 정보를 삭제하기 시작했다. 찬호나 간달프의 뇌도 마찬가지다. 컴퓨터 보안 프로그램이 바이러스를 검열하여 박멸하듯이 그들의 뇌는 생존에 도움이 되지 않는 지식부터 가위질했다. 그러나 가차 없이 지워진 그 케케묵은 것들이야말로 삶의 지속을 위해 반드시 필요한 것이었다.

그럼 이대로 행정법과 소방학개론을 계속할 것인가, 아니면 새로 추가되는 수학과 과학으로 갈아탈 것인가. 봉수는 행정법과 소방학개론에서 받아 왔던 점수의 추이를 그래프로 그려 보았다. 시간의 흐름을 따라 X 좌표는 한없이 확장하지만 Y 좌표는 언제나 커트라인의 고도에까진 못 미치는 저공비행이다.

택견과 태껸. 품새와 품세. 짜장면과 자장면. 왼쪽은 새로 인정된 표준어이고, 오른쪽은 기존의 표준어이다. 만약 국어 문제가 '다음 중 표준어가 아닌 것만으로 묶인 문항을 고르시오.'라고 묻는다면 봉수는 절대 택견, 품새, 짜장면을 골라서는 안 된다. 간지럽히다, 남사스럽다, 맨날, 묫자리, 쌉싸름하다, 토란대, 허접쓰레기 등 역시 마찬가지다. 작년까지는 이것들이 규범에 어긋났지만 이젠 표준어가 됐기 때문이다. 결코 헷갈려서는 안 된다. 괴발개발인지 개발새발인지 그렇

김성준

게 헷갈려서 두 번이나 틀렸건만 이제는 둘 다 표준어 품에 안겼다. "언어는 오해의 근원이다. 생텍쥐페리의 말일세." 언젠가 대기업에 취업한 대학생에게 고용되어 수업에 대리 출석했을 적에 교수는 저런 말을 한 적이 있었다. 봉수는 생텍쥐페리가 누군지는 잘 몰랐지만, 아무튼 옳은 말 하는 양반이라고 생각했다.

"뭐 하냐?"

찬호가 불쑥 문을 열고 들어왔다. 봉수는 목이 뻐근해 요리조리 돌리고 있었다.

"너 요새 많이 바쁜 거 같다."

찬호는 봉수의 어깨와 목을 주물러 주며 내심 섭섭한 기색을 비쳤다. 틈만 나면 간달프와 어울려 외도하듯 아르바이트 다니는 게 마뜩잖은 모양이다.

봉수는 간달프와 지구촌 맛 기행도 자주 다녔다. 3,000원에 세 가지 메뉴를 골라 먹을 수 있는 고시식당에서 둘은 미국산 쌀과 중국산 김치와 벨기에산 돼지고기와 브라질산 닭고기를 마지못해 씹으며 지구촌 서민으로서의 정체성에 눈을 떴다. 간달프는 경찰관 공채를, 찬호는 검찰사무직을 준비 중이었는데, 찬호가 단지 그 이유로 간달프를 은근히 아랫사람 대하듯 한다는 걸 봉수는 진작 알고 있었다.

"집에서 돈이 끊겼거든요. 고시원 월세도 못 낼지 몰라요. 집주인이 전세 보증금 올려서 온 가족이 길거리에 나앉을지도 몰라요."

봉수의 목소리가 옆방에서 들렸던지 쿵쿵 벽 치는 소리가 터져 나왔다. 찬호는 대단히 위험한 음모를 속삭이듯 나직이 말했다.

"우리 집은 대가 끊길지도 몰라. 이번에도 떨어지면 아빠가 날 패 죽인다고 했거든."

*

간달프가 절뚝거리며 나타났다.

"체력 시험은 잘됐나요?"

비치적거리며 걷는 간달프를 보고도 찬호는 눈치 없이 물었다.

간달프의 눈빛은 어느 때보다 공허했다.

"뭐, 보시다시피."

간달프는 이제 짐을 싸 고향으로 내려간다고 했다. 더는 버티기 힘들다는 말은 굳이 할 필요가 없었다. 첫 번째 시험에서는 필기시험에 불합격, 지지난번에는 인성 및 적성검사에서 탈락, 지난 시험에서는 면접에서 탈락. 이번에는 100m 달리기를 하다가 넘어졌다. 봉수는 간달프에게 마지막 남은 담배 한 개비를 양보했다. 간달프의 멀건 얼굴이 희뿌연 담배 연기와 잘 어울렸다. 간달프는 이제 전봇대보다는 나무에 가까운 듯했다. 바람이 불면 부는 대로 흔들리는 키 큰 미루나무가 흐느끼듯 흐느적거렸다.

"그럼 다들 좋은 결과 있길 바랍니다."

고향에 간다 한들 고향 같지도 않겠지만, 간달프는 고향이라는 곳으로 떠나갔다. 간달프의 집은 만년 전세살이를 해서 2년마다 이사를 다니는데, 최근 주소를 몰라 고향에 내려가도 집을 찾을 수 있을지나 모른다는 것이었다.

"상규가 이런 말을 한 적이 있어."

간달프를 노량진역까지 배웅해 주고 돌아오는 길에 찬호가 입을 열었다.

"뭐라고 했는데요?"

국사 강사 상규가 뭐라고 했든 봉수는 전혀 궁금하지 않았다.

"시험에 떨어지는 사람은 집 없는 난민과 같다고."

"난민이라뇨?"

"시험에 떨어지면 어디 발붙일 곳조차 없다는 말이지."

"그래서요?"

봉수는 그 말이 간달프를 향한 것인 줄 알기에 처음으로 경멸 어린 눈으로 찬호를 노려봤다. 게다가 자신의 집 역시 전세 난민이기도 했다.

"그러니까 상규식으로 말하자면 간달프는 그냥 난민인 거야. 존재하지 않는 존재 같은 거. 인구 집계에 포함되지 않는 난민 말이야."

찬호는 실패한 동료를 두고 악담을 할 위인은 아니었다. 상규에게서 들은 말을 어리숙하게 옮기는 것뿐이었다. 그러나 봉수는 찬호의 무신경함에 역정을 버럭 냈다.

"예, 예, 형은 좋겠네요. 두둑한 가산점도 있어, 집에서 카드도 줘, 알바도 안 해도 돼. 근데 왜 아직도 못 붙었어요?"

"아냐, 그런 뜻이 아냐."

"내가 떨어질 때도 속으로 그렇게 생각했겠죠? 가산점이 없어서 계속 떨어지는 제가 더 병신 같을까요, 가산점이 있어도 계속 못 붙는 형이 더 병신 같을까요?"

봉수는 필요 이상으로 거칠게 감정을 게워 냈다. 찬호에게 이 정도의 상처는, 지금이라면 줘도 상관없을 거라 여겼다. 봉수로서도 모를 일이었다. 간달프는 합격자 한 명을 위해 떨어져야 하는 숱한 수험생 중의 한 명일 뿐이고, 자신도

김성준

그 서러움을 견뎌 내고 있다. 딱히 그의 처지를 애석해 하거나 안타까워해야 할 이유가 없었다. 다행히 이제 점수도 고르게 나오고, 불시착할지도 몰랐던 행정법과 소방학개론은 안정적인 고공비행을 유지한다. 드디어 X 좌표의 끝이 보인다. 그 끝은 불과 여덟 개의 눈금에 지나지 않았다. 이제 8일 후면 시험이다. 봉수는 드디어 갑갑한 이차원의 세계를 떠날 수 있을지도 모른다. 그래서 모를 일이었다. 아니, 알 것도 같았다. 시험이 가까워졌으니 단지 신경이 예민해진 것이라고, 봉수는 간단하게 생각하고 넘어갔다. 그게 유리했다. 생존에 예민한 봉수의 뇌는 불필요한 지식은 물론이고 쓸데없는 감정에 대해서도 삭제 작업에 들어간다. 그러자 마법처럼 불쾌함이 사라졌다.

*

동작소방서로 발령을 받은 봉수는 노량진을 벗어날 수 없었다. 강사들은 공무원만 되면 세상을 다 얻을 수 있을 것처럼 말했다. 그럴 때마다 순진한 여학생과 머리를 빡빡 깎은 남학생 들은 눈에 힘을 꾹 주며 침을 꼴깍 삼켰다. 아이들이 침을 삼킬 때마다 강사들은 새 책을 찍어 냈다. 개정판의 머리말에는 어김없이 이러저러한 이유로 부득이하게 내용상 수정이 필요했으며, 피치 못할 사정으로 책값을 올리게 되어 송구하지만, 수험생이 구판으로 공부하는 것은 군인이 공포탄으로 전쟁에 나가는 것과 매한가지인데, 하루속히 합격해 이곳을 떠나는 것만이 여러분을 위하는 길이라는, 구역질 나도록 장황한 설교가 주절주절 괴발개발 적혀 있었다.

세상을 얻다니, 어디 가서 방 한 칸도 못 얻을 게야. 봉수는 그런 말 같지도 않은 잡소리를 애초에 믿지 않았다. 차라리 공무원이 되면 드디어 너저분한 세상에 속하게 된다는 말을 했더라면 고개를 끄덕였을 것이다.

공무원이 된 후에도 예상대로 달라진 건 없었다. 유예해 둔 학자금 대출을 갚기 시작했고, 거기에 더해 생활에 필요한 온갖 지출이 수입과 정확히 균형을 이루었다. 그래서 소방관이 된 후에도 봉수는 누룽지처럼 그냥 노량진 고시원에 눌어붙었다. 수험 생활은 끝이 났지만 월세 인생은 끝날 줄 몰랐다.

창문이 있는 고시원 방으로 옮기던 날 봉수는 기뻤다. 그는 이제 작은 기적 정도는 믿는다. 담배를 피우기 위해 5층에서 1층까지 내려가지 않아도 되는, 창문만 열면 언제든 담배를 피울 수 있는 작지만 놀라운 기적을.

김성준

봉수는 경품 행사에서 간달프를 발견했다. 간달프는 그새 거의 중년처럼 변해 있었다. 그는 허름한 독서실 앞에 길게 늘어서 있는 학생들에게 좀체 팔리지 않는 수험서와 식당 무료 쿠폰을 경품으로 나눠 주고 있었다.

근처 마트에서 '타임 세일'이란 걸 했다. 한가한 시간에 가면 유통기한이 가까워진 식품을 아주 저렴하게 살 수 있다. 거기 들렀다가 돌아가는 길에 봉수는 긴 줄을 발견했고, 거기서 불과 얼마 전의 자신을 발견했다. 그 줄의 앞에는 옛날처럼 간달프가 있었다.

"오랜만입니다. 노량진엔 언제 올라오셨어요? 잘 지내셨어요?"

봉수는 활짝 웃으며 간달프에게 다가갔다. 유치원 줄 서기 알바를 할 때 슬쩍 다가갔던 것처럼. 그러나 이렇게 웃는 게 혹시 실례가 되는 건 아닌지 걱정을 하며.

"우와! 정말 반갑습니다. 이렇게 다시 보게 되네요!"

여전히 나무 같은 간달프는 과일을 주렁주렁 매단듯 양팔에 경품을 들고서 외쳤다.

"그러게 말입니다. 여기서 일하시나 봐요?"

봉수는 자신이 이제 더 이상 직선 위에 있지 않아도 됨을, 혼자 동떨어진 점으로 존재해도 됨을 새삼 깨달으며 해괴한 감정을 느꼈다. 자유인의 쾌감이 까닭 모를 죄책감에 방해받자 그의 입꼬리는 올라가다 말고 멈칫했다.

"네, 뭐 그렇게 됐어요. 독서실 총무 하면서 다시 공부를 하려고요. 경찰은 접었고요. 직렬을 갈아탈 생각입니다."

"참 잘됐습니다. 그리고 다 잘될 겁니다."

"아, 찬호 씨 우리 독서실 다녀요. 몇 주 됐어요."

간달프는 마지막 남은 경품을 여학생에게 넘겨주고는 손을 탈탈 털며 말했다.

"그렇군요. 찬호 형 잘 지내나요?"

봉수가 찬호를 마지막으로 본 건 지난봄이었다. 검찰직 시험을 치른 찬호는 가산점이 있어도 합격할 수 없었다. 찬호가 맞힌 문제는 출제 오류로 인해 응시자 전원이 정답 처리되었다. 결국 찬호는 1점 차이로 떨어졌다. 축구를 잘하던 찬호 아버지는 노량진 만화방에 멍하게 앉아 있는 아들을 발견하고는 거리로 끌어내 뺨을 날리고 발로 찼다. 찬호에게 술을 사 주러 가던 봉수는 먼발치에서 발걸음을 돌렸다. 그게 찬호에 대한 마지막 기억이었다.

*

김성준

몇 달이 흘렀다.

아파트 화재를 진압하고 돌아온 봉수는 무거운 방화 장비를 벗어 보지도 못한 채 다른 현장에 투입됐다. 자정이 가까웠다. 노량진에는 낡은 건물이 많았다. 그러나 증축 이외의 목적으로 시설을 살피는 건물주는 드물었다. 현장에 다가갈수록 봉수는 설마설마하면서도 불안했다. 가뜩이나 좁디좁은 골목이건만 주차된 차들은 꾸물거리며 쉽사리 길을 터 주지 않았다.

현장을 확인한 봉수는 미친 듯이 물을 뿜었다. 간달프는 정오부터 자정까지 총무 일을 본다고 했다. 어쩌면 찬호도 독서실 안에 있을지 모른다.

낡은 독서실은 마른 장작처럼 타들어 갔다. 이번에도 바람은 봉수에게 불리하게 불었다. 갑자기 거세진 바람은 불길을 집어 옆 건물에 던졌다. 화재 진압은 독서실에만 집중될 수 없었다. 들것에 실려 가는 면면을 확인해도 간달프와 찬호는 보이지 않았다.

망설이던 봉수는 상관의 만류를 뿌리치고 안으로 뛰어들었다. 타오르는 문을 부수자 불꽃의 귀기가 봉수를 홀리며 내장 깊숙한 곳부터 훈제했다. 연기가 꽉 차 사위를 분간하기 힘들었지만 간달프는 그곳에 없었다. 우지끈, 육중한 것이 떨어지는 소리에 봉수는 뒤를 돌아보았다. 화장실이 보였다. 가 볼까, 말까. 1초가 아깝다. 헛걸음하는 사이에 간달프는 재가 된다. 수험생 봉수는 정답을 알 수 없을 때 먼저 생각나는 문항을 택했다. 가자.

봉수는 거기서도 간달프를 찾을 수 없었다. 화장실 바닥에는 유독가스를 마신 여학생이 의식을 잃고 쓰러져 있었다. 여학생은 숨을 쉬지 않았다. 이 지옥 한가운데에서 응급처치를 해야 하나, 아니면 일단 데리고 나가야 하나. 도대체 어떤 문항이 여학생을 살릴 골든타임으로 연결될 것인가. 봉수는 사지선다든 오지선다든 언제나 마지막 남은 두 문항 사이에서 고뇌했다. 이번에도 옳은 선택을 확신할 수 없었다. 나에겐 이따위 시험을 칠 시간이 이제 몇 초가 남아 있단 말인가. 봉수의 머릿속은 계산으로 뜨거워졌다. 그는 숨을 한 번 크게 들이마신 후 종료 종이 울리기 직전 답안지에 마킹을 하듯 다급한 손으로 여학생에게 자신의 산소호흡기를 씌웠다. 그러고는 두 팔로 들고 끙, 무릎에 힘을 주었다. 이제 출구로 나갈 확률은 얼마인가. 봉수는 숨을 참으며 마지막 문제 풀이를 했다. 그러나 불길은 탈출로를 감추어 버렸다.

김성준

*

　따라 들어온 동료들 덕에 봉수와 여학생은 살 수 있었다.
실신했던 봉수는 정신을 차리자마자 피해자 명단부터 확인
했다. 다행히 사망자나 실종자는 없었다. 부상자라고는 봉수
가 구해 낸 여학생이 전부였다.

　"실종자 정말 한 명도 없는 겁니까?"

　봉수는 상관에게 질문을 던졌다가 괜히 질책만 받았다.
한 번 더 지시를 어기고 개인행동을 하면 징계를 받을 것이
라고 경고를 단단히 받았다.

　그리고 또 몇 달이 흐르는 동안에도 봉수는 둘을 볼 수 없
었다. 오다가다 지나가는 사람들을 일일이 살폈지만 간달프
와 찬호는 보이지 않았다. 어디로 갔을까. 둘은 상규의 말처
럼 정말 난민이라도 된 듯 존재를 지워 버렸다. 봉수는 이 좁
은 노량진에서 둘을 끝내 못 만날 것 같은 느낌을 받았다. 무
슨 영문인지 막연하게 그런 예감이 들었다. 왠지 그 둘이 떠
도는 유령들처럼 노량진이라는 집을 잃고서 희붐하게 사라
질 것만 같았다. 먹고살기 바쁜 봉수의 기억 속에서도 점차
잊힐 것이었다.

　봉수도 어렴풋이 알고 있었다. 찬호와 간달프가 향한 곳

은 모르지만 봉수 역시 이 도시에서는 그들처럼 유령이라는 것을. 집을 가져 본 적도, 가질 수단도 없어 이 숱한 아파트와 빌라 사이를 배회하는 유령이라는 것을.

김성준

"창문 있는 방은 23만 원, 창문 없는 방은 20만 원."

나를 안내해 주던 고시원 총무는 방 두 개를 보여 주며 고르라고 했다. 3만 원 더 싼, 창문 없는 방은 대낮인데도 빛 한 줄기 스며들지 않았다. 빛에 값을 매길 수 있을까. 그날 내가 경험한 햇빛의 가격은 3만 원이었다.

나는 창문 있는 방을 택할 수 있음에 안도했다. 창밖에는 환한 해가 떠 있었다. 그렇게 나의 첫 서울 생활은 찬란한 태양과 함께 시작했다. 막 대학생이 될 참이었다.

고시원에는 당연히 고시생이 없었다. 박봉에 시달리는 하위직 공무원, 빈털터리 유학생, 직업을 알 수 없는 아저씨, 직업이 없어 보이는 아저씨, 직업이 있는데도 왜 이런 데 사나 싶은 아저씨 들이 화장실과 샤워실을 두고 경쟁했다. 하나밖에 없는 세탁기에서 누군가 세탁물을 제때 수거해 가지 않으면 난 양말과 속옷을 손으로 빨아야 했다. 집이 없는 자들은 그렇게 옹기종기 한곳에 모여 살았다.

고향을 떠나 처음 고시원 방에서 자던 날, 한쪽 귀퉁이가 찌그러진 침대에 누워 잠을 청했다. 몸을 뒤척이면 침대가 삐걱거려 옆방에서 벽을 쿵쿵 쳤다. 나도 예민한 성격인데, 저 사람은 나보다 더 예민한가 보다. 나의 아주 긴 고시원 생활은 그렇게 쿵쿵 소리와 함께 시작됐다.

집 없이 도시에서 살아가는 건 망명정부가 발급한 여권으로 외국을 전전하는 기분이다. 마음이 편치 못해 불안하고 죄 지은 거 없어도 추방될까 두렵다.

글을 쓴다는 건 자기 인생에 주석을 다는 것이 아닐까. 이번 소설은 도시 난민으로 살았던 그 시절의 기억이 바탕이 됐다.

O션파크 1302호

박생강

바다극장

바다극장은 해안 도시인 T시 외곽에 자리한 재개봉관이었다. 중학교 시절 등하굣길엔 늘 바다극장이 보였다. 한번은 버스를 타고 가다 바다극장 앞을 지나는 반가운 사람을 보고 내린 적도 있었다. 내가 기억하는 바다극장의 마지막 상영작은 〈해리 포터와 죽음의 성물〉이었다. 이후 바다극장과 주변의 허름한 술집들이 사라진 뒤 그곳은 한동안 공터로 남아 있었다. 결국 10년이 훌쩍 넘은 후 T시의 바다극장 자리에 나 홀로 아파트인 O션파크가 들어섰다. 그 사이 우리 집은 말 그대로 폭삭 망해서 T시의 월세방 곳곳을 전전했다.

"아, 바다가 있던 자리였네."

새집에 들어서던 날 나는 나직한 소리로 읊조렸다.

사람들은 해리 포터처럼 인생의 마법을 꿈꾼다. 하지만 그보다 인생의 저주가 더 흔하게 목을 조를 때가 있다. 어떤 사람은 평생 고요한 저주에 시달리며 살아간다. 나는 우울증이라는 저주의 짐을 안고 가족들 사이에서 짐짝처럼 살아왔다. 나의 불행이 온 가족 불행의 근원이라고 여겼다. 그들에게 미안하다는 말조차 할 수 없었다. 내게는 그런 말을 할 기력이 남아 있지 않았다. 가족들도 나를 짐으로 여기는 것이 빤히 보였다. 다행히 그들은 묵묵히 나를 안고 함께 갔다.

그늘 속에 살던 가족들에게 오랜만에 인생의 마법이 찾아왔다. 아버지의 사업 실패 이후 월세에 허덕이지 않아도 살아갈 전셋집을 얻은 것이었다. 20평대의 13층짜리 아파트 O션파크 4층 402호가 마법의 성이었다.

입주 후 엄마는 케이크를 하나 사 놓고 가족들을 모아 입주 파티를 열었다.

"자자, 불행 끄읕! 행복 시작."

나는 입을 다물었다. 어차피 누구도 나의 말을 듣고 싶어 하지 않을 테니. 하지만 내 머릿속에서 누군가 계속 속삭이는 것 같았다.

박생강

'행복할 리 없어, 행복할 리 없어, 행복할 리 없잖아? 불행이 이어질 거야.'

파티의 여운이 가신 후에 나는 지나가는 말로 엄마에게 물었다.

"여기 집주인은 뭐 하는 사람이래?"

엄마는 주방 싱크대에 몸을 기대고 미소를 지었다.

"집주인이 따로 있는 게 아니라, 이 건물 지은 건설사에서 직접 전세 매물로 내놨대. 요즘 분양이 안 되는 신축이 한두 채니? 그래서 시세보다 좀 싸게 들어왔잖아, 엄마가 청소하는 건물의 부동산 아줌마가 적극 추천해 줬어."

나는 엄마의 말을 무심하게 넘길 수 없었다.

'집주인이 없는 집이라니.'

"여기 새집 냄새 나지?"

엄마가 물었다.

"화학약품 냄새. 새집증후군 냄새."

"난 그래도 좋다, 야. 10년 넘게 곰팡내만 맡다가 이런 냄새 맡으니. 머리가 아파도 계속 냄새 맡고 싶어."

엄마는 행복해 보였지만 나는 분명 새집에서 불행이 행운을 좀먹는 걸 느꼈다. 다만 소리 내어 그것을 말하지 않았다. 처음 생긴 내 방으로 기어들어가 이불 속에 몸을 숨겼을 따름이었다. 하지만 몇 달 지나지 않아 우리 가족 모두는 알게 되었다.

O션파크는 바다극장 자리에 지은 탄탄한 아파트가 아니었다. 일렁이는 파도 위에 지은 아파트였다. 건축주를 제외하고 세입자들 모두가 깊은 불행의 바다로 빠져들었다. 한 사람도 빠짐없이 가짜 계약서에 도장을 찍었기 때문이었다.

마법은 끝났다. 우울한 공기가 402호에 감돌았다. 그나마 나만이 덤덤했다. 원래부터 우울했던 인간이라서 그럴까? 생각보다 더 깊은 수렁에 빠지지는 않았다.

약간 골치가 아프기는 했다.

'이제는 내가 움직여야 할 때인가? 다들 저렇게 축 처져 있는 걸 볼 수는 없는데.'

나는 처음으로 가족들을 위해 장을 보고 밥도 차렸다. 언니가 좋아하는 요리도 처음 해 보았다. 그러자 언니가 한심한 표정으로 나를 바라보았다.

"청개구리네. 가족들이 다들 망하니까 신나? 무슨 잡채를 하고 있어, 이 미친년아아!"

선글라스

O션파크에서는 서로 인사하며 지내는 이웃이 드물었다.

나 역시 복도나 엘리베이터에서 사람들을 만나도 일부러 고개를 숙이고 다녔다. 아무리 이웃이라도 낯선 사람과 눈을 마주치고 싶지 않았다. 그럼에도 기억에 남는 이웃이 한 명 있었다. 바로 백발에 선글라스를 쓰고 지팡이를 짚고 다니는 노파였다. 노파가 맹인인지 아닌지 그것은 알 수 없었다. 다만 어쩌다 함께 엘리베이터를 타면 작은 소리로 기도문을 읊듯이 중얼거렸다.

어느 날 한번은 노파가 직접 내게 물었다.

"몇 층에 살지?"

"4층이요."

노파는 고개를 끄덕였다.

노파는 나와 함께 4층에서 내려 401호로 들어갔다. 알고 보니 이웃집에 사는 노파였다. 그런데 이상한 일이 또 있었다. 한번은 엘리베이터 안에 다른 사람과 동승한 적이 있었다. 노파는 태연하게 그녀 또래의 동승자에게 말을 붙였다. 몇 층에 사시느냐고, 그녀가 10층에 산다고 말을 하자 10층에서 따라 내렸다.

나는 원래 타인에게 관심이 없었다. 하지만 옷소매에서 삐져나온 실밥이나 그릇에 붙어 있는 밥풀 같은 작은 흠이나 티가 눈에 밟히곤 했다. 선글라스 노파는 O션파크의 눈엣가시였다. 몇 번이고 선글라스가 다른 사람들을 따라 엘리베이터에서 내리는 것을 보았다. 나는 그때부터 선글라스가 거슬리기 시작했다. 그녀에게 이러는 이유가 무엇이냐고, 한 번쯤은 따져 묻고 싶었다. 하지만 나는 타인에게 쉽게 말을 걸지 못하는 성격이었다. 그렇게 몇 번의 기회를 놓쳤다.

나는 주말 오전 편의점에서 음료수를 사 오다가 공동 현관 앞에서 선글라스를 만났다. 바바리코트에 부풀린 백발의 머리, 눈은 여전히 선글라스로 가리고 있었다.

어쩌면 마지막 기회였다!

이제 세입자들이 O션파크에서 쫓겨날 날이 두 달밖에 남지 않았다. 우리 모두 돈 한 푼 받지 못하고 행운이라 믿었던 신축 아파트에서 떠나야만 했다.

나는 크게 심호흡을 하고 그녀에게 말을 걸었다.

"안, 녕, 하, 세, 요."

노파는 힐끔 나를 바라보았다.

"4층?"

"이웃님, 그쪽 집도 문제가 많죠?"

노파는 우아하게 턱을 들었다.

"나는 혼자 살고 있어서 딱히 큰 문제는 없는데."

그때 엘리베이터가 도착했고 나는 그녀와 함께 올라탔다.

나는 그런 질문을 한 것이 아니었다.

우리 가족을 비롯해 O션파크의 전세 세입자들은 모두 법적 효력이 없는 계약서에 서명을 했다. 분명 공인중개사가 계약을 진행한 매물이었다. 그럼에도 우리는 정당하게 대출받아 얻은 전셋집에서 쫓겨나야 했다. 건설사가 처음 O션파크를 지을 때 금융권에서 담보신탁으로 자금을 충당했기 때문이었다. 매매 분양이 되지 않는 한 O션파크는 함부로 전세 세입자를 들여서는 안 되는 집이었다.

"8 곱하기 8은?"

노파의 급작스런 질문에 나는 당황하다가 재빠르게 대답했다.

"64."

"7 곱하기 4는."

"28."

"지능에는 문제가 없군."

노파가 나를 어떤 사람으로 보고 있었는지 깨닫자 화가 났다. 나는 그저 남들보다 반응이 조금 느릴 따름이었다.

'아, 화를 내고 싶어지는구나. 아, 폭발하고 싶어지는구나.'

하지만 떨리는 손가락으로 4층을 누르는 게 고작이었다.

화가 나서 배 속까지 부글거릴 지경이었다. 그러자 노파가 손을 뻗어 13층을 눌렀다. 카톡, 카톡, 카톡. 노파의 휴대폰에 계속해서 알림음이 들려왔다.

"왜 4층에 사시면서 13층에 가시는 거죠?"

노파는 선글라스 낀 눈으로 나를 바라보았다.

"너희 집에서는 아무도 13층에 가지 않는 거니?"

노파는 휴대폰으로 O션파크 세입자 단톡방을 보여 주었다.

"눈이 보여요?"

내 질문에 노파는 주름진 입매를 흉하게 찡그리며 웃었다.

"당연히. 하지만 선글라스를 써야 사람들 몰래 많은 걸 볼 수 있는 법이지."

엘리베이터가 4층에 도착해 문이 열렸지만 나는 내리지 않았다. 대신 선글라스와 함께 새로운 세상에 도착했다.

나는 그때까지 13층에 누가 사는지 알지 못했다. 13층에 내리자 1302호 현관문 앞에 몰려 있는 수많은 사람들이 보였다. 그들은 모두 똑같이 화가 난 표정으로 웅성거렸다. 오직 선글라스만이 눈을 가려 표정을 들키지 않았다.

"몇 호에서 왔어요?"

단톡방 개설자로 보이는 어깨가 넓은 아주머니가 물었다.

"401호."

선글라스는 그렇게 말한 뒤 내 어깨에 손을 얹었다.

"402호도 여기 같이 왔고요."

나는 1302호 앞에서 소란스럽게 떠드는 사람들 사이에서 아무런 두려움도 느끼지 않았다. 내가 지금껏 사람들을 두려워했던 이유는 타인의 감정을 읽어 내기 어려워서였다. 하지만 여기 모인 사람들은 모두 분노와 공포로 일그러진 얼굴이었다. 그들의 머리 위에 맴도는 우울과 분노의 먹구름이 선명하게 보이는 듯했다.

어떤 이들은 내 집 마련을 꿈꾼다지만, 이곳 O션파크의 세입자들은 전셋집이라도 절실한 사람들이었다. 우리 집 역시 그저 계약서 한 장을 잘못 써서 이전보다 더 밑바닥으로 떨어질 운명의 장난에 놓여 있었다. 다들 있는 돈 없는 돈 긁어서 이곳에 들어왔다. 하지만 1년도 안 되어서 O션파크에서 쫓겨나면 다들 무거워진 빚 꾸러미를 짊어지고 살아갈 것이다.

그때 내 눈에 13층의 특이한 점이 눈에 들어왔다. 13층에는 1301호가 없었다. 1302호는 1301호까지 두 세대를 터서 한집으로 사용 중이었다. O션파크 아파트를 지은 건축주만이 행사할 수 있는 특권이었다.

그때 선글라스가 나직한 목소리로 말했다.

"건축주 지금 여기 없어요. 아까 가족들하고 차 몰고 떠나는 거 봤어요."

"무슨 소리야! 그 사람이 어제 세입자들에게 어떻게든 대책을 마련하겠다고 메시지를 보냈다고!"

사람들이 수군거렸다.

모자를 눌러쓴 여인이 힘없이 주저앉았다.

"내가 여기 전세금 마련하려고……. 그래도 말년에 좀 편안한 집에 살려고 큰 수술까지 미뤘는데, 그 돈으로 전세금 마련했는데. 이제는 수술은커녕 길거리에 나앉게 생겼는데."

그녀는 목 놓아 울기 시작하자 통곡이 건축주가 홀로 사는 13층을 채웠다. 여기저기 사람들의 훌쩍이는 소리가 들려왔다.

울지 않은 사람은 나와 선글라스뿐이었다.

그때 언니에게 전화가 걸려 왔다. 통화가 되자마자 언니가 다급한 소리로 말했다.

"큰일 났어, 지금. 부동산에서 엄마 고소한다고 난리야."

특약 사항

O션파크 세입자들의 전세계약서에는 특약 사항이 적혀

박생강

있다.

'현부동산은 소유권 이외 권리사항 담보신탁의 수익자인 금융기관의 직접 동의하에 임차인과 주택임대차 계약을 체결한다.'

O션파크 건축주와의 임대차 계약은 그 동의가 부재한 것으로 밝혀졌다.

엄마는 당시 공인중개사 아줌마에게 특약에 대해 물어보았다고 했다. 하지만 공인중개사 아줌마는 그런 거 신경 쓰다 좋은 가격에 잡아 놓은 전셋집이 날아간다며 둘러댔다. 그러자 당시 옆에 있던 O션파크 건설사 직원이 친절한 목소리로 알려 주었다. 건설사 중 온전히 회사 자금으로 소형 아파트나 오피스텔을 짓는 곳은 없다는 설명이었다. 완공 전후 분양을 통해 자금이 들어오면 근저당을 풀어 가는 게 일반적이라는 것이었다. 관행적인 특약 사항으로 적혀 있는 것이니 걱정할 필요가 없다 했고, 옆에 있는 공인중개사도 나서서 계약을 부추겼다.

일이 터진 후 엄마는 다른 세입자들과 달리 건축주의 집이 아닌 부동산을 찾아갔다. 두 사람은 말다툼 끝에 머리끄덩이를 잡고 싸웠다. 함께 따라간 언니는 어쩔 줄 몰라 발을 동동 구르다 내게 전화를 한 것이었다. 아빠는 엄마가 부동산에 간다고 씩씩대자 기분 전환이라는 핑계를 대며 낚시 가방을 메고 T시의 유명한 바다 낚시터로 떠났다.

내가 부동산에 도착했을 때는 이미 싸움이 끝나고 두 사람 다 숨을 고르고 있었다.

언니는 나와 함께 온 선글라스를 흠칫 바라보았다.

"누구?"

"401호."

언니가 작은 소리로 묻고 나도 작은 소리로 대답했다.

선글라스는 두 사람 사이를 지나 계약서를 한 번 슥 훑어보았다. 그러더니 손가락으로 어느 지점을 가리켰다.

"여기 이 부분 말 안 했죠?"

선글라스가 손으로 짚은 부분에는 계좌 번호가 적혀 있었다.

계좌 번호는 통상적으로 거래되는 금융기관의 계좌 번호였다. 선글라스는 손가락을 움직여 O션파크의 권리사항 담보신탁 수익자인 금융기관을 가리켰다. 역시나 누구에게나 익숙한 금융기관이었다.

"건축주가 임대차 계약을 맺으려면 일단 그 계약금은 담보신탁 수익자인 금융기관의 계좌로 들어가야 해요. 하지만 여기는 전혀 엉뚱한 금융기관의 계좌가 적혀 있죠. 고로 건축주가 정상적으로 근저당을 풀어 가려는 계약이 아니라, 자기 주머니에 미리 돈을 챙기려는 수작이라고요."

공인중개사는 꿀 먹은 벙어리처럼 계약서를 바라보다 눈을 치켜떴다.

"아니, 그렇게 잘 아시는 분이 왜 똑같은 계약을 했대?"

선글라스의 입가에 약간의 경련이 일었다.

"그러게요."

갑자기 공인중개사는 한숨을 푹 내쉬었다.

"이거 보니 나도 속았네, 속았어. 그냥 나는 좋은 물건만 아는 사람들한테 넘기려고 했지. 내가 무슨 뒷돈 받은 것도 아니고, 이런 짓을 왜 합니까? 나도 봉 씨가 어디 있는지 몰라요."

봉 씨는 O션파크를 건설한 봉황건설의 대표였다.

그 말을 하면서 공인중개사는 입에 침을 발랐다.

결국 나와 언니, 엄마, 401호는 아무 소득 없이 부동산을 나왔다. 선글라스가 호주머니에서 사탕을 꺼내 우리 세 사람에게 나눠 주었다.

"부동산에서 좀 챙겨 왔어요."

선글라스는 그러고서 다시 O션파크 세입자 단톡방을 확인했다. 그러더니 우리에게 물었다.

"402호에서도 한 분 초대하고 싶은데. 누가 들어오실래요?"

숨바꼭질

결국 402호를 대표해서 내가 O션파크 대책위 단톡방에서 활동하게 됐다. 단톡방에서 활발하게 메시지를 올리는 사람은 선글라스였다.

선글라스는 어디서 정보를 얻었는지 건축주 봉 씨의 만행에 대한 정보를 상세히 가져왔다. 봉 씨가 지은 나 홀로 아파트나 건물들은 O션파크만이 아니라 T시와 T시 외곽의 지방에도 여러 채였다. 다만 봉 씨의 자본으로 지은 아파트는 어디에도 없었다. 주로 투자사를 끼고 금융기관에서 담보신탁을 얻은 후 시공을 하고 분양을 통해 비용을 충당한다는 것이었다.

호경기 때는 이 방법이 먹혀들었다. 일단 분양만 되면 다음 건물을 지어 돌려 막기 하는 식이었다. 하지만 경기가 좋지 않을 때는 분양이 되지 않았다. 그렇기에 이번처럼 봉 씨가 건설사의 대리인들을 내세워 직접 임대차 계약을 맺은 것이었다. 선글라스의 정보가 완벽해서인지 세입자들과 단톡방 운영자까지 선글라스를 믿고 따랐다.

한편 O션파크 세입자들은 계속해서 봉 씨에게 메시지를

보냈다. 세입자들은 그 메시지를 캡처해 단톡방에 올렸다. 안타깝게도 그 메시지는 경고보다는 오히려 애원에 가까웠다.

세입자: 연락 좀 해 주세요. 집주인이 이렇게 책임 없이 회피하시면 어떡하나요?
봉 씨: 낼 연락드림.
세입자: 내일 연락 주실 때는 어떻게 책임지실 건지 대책이라도 전해 주세요.

건축주 봉 씨는 마지막 메시지를 '안읽씹' 했다. 하지만 세입자에게는 다음 날에도 연락은 오지 않았다. 결국 세입자는 이틀을 더 참아 주다가 다시 봉 씨에게 메시지를 보냈다고 했다.

세입자: 연락 주세요. 제발요.

봉 씨는 남산타워 앞에서 찍은 셀카를 이미지로 첨부했다. 봉 씨는 그 사진 밑에 서울에서 이런저런 처리할 일이 있어 답장이 늦었다고 했다. 허나 봉 씨의 얼굴은 관광객처럼 여유로웠다. 거기서 끝이었다. 다른 답은 없었다. 세입자들은 발을 동동 구르는데 1302호 봉 씨는 천하태평이었다. 다음 날 다시 세입자가 해결책을 요구하자, 간단하게 답장이 날아왔다.

봉 씨: 오후에 연락 줄게요.

이후 연락은 오지 않았다.

단톡방에는 봉 씨에 대한 성토가 끊임없이 이어졌다. 그 와중에 조금 더 기다려 보자는 메시지를 누군가가 올렸다. 202호였다. 202호는 세입자가 흥분하고 화를 내 봤자 봉 씨가 O션파크로 돌아올 가능성만 더 낮아진다는 논조였다. 202호는 자기도 억울하고 화가 나지만 세입자들이 흥분하는 건 아무 도움이 되지 않는다고 했다.

평소 봉 씨의 악행에 대한 정보를 물어 오던 선글라스도 의외로 그 의견에 동조했다.

선글라스: 흥분해서 일을 그르칠 필요가 있나요.

이후 선글라스는 한 줄을 더 올렸다.

선글라스: O션파크 경비실의 경비가 봉 씨죠. 아마도 봉 씨의 일가친 척일 테니 그쪽에 따지시는 게 더 나을 거예요.

하지만 다음 날 O션파크의 경비는 사라졌다. 경비실은 문이 잠겨 아무도 들어갈 수 없었다. 세입자들이 어이없어 하는 사이 갑자기 봉 씨가 가족들과 함께 O션파크에 나타 났다는 메시지가 단톡방에 떴다. 나를 포함해 세입자들은 서둘러 13층으로 올라갔다. 하지만 아무리 초인종을 눌러 도 문은 열리지 않았다. 그 현장에 202호와 선글라스는 보 이지 않았다. 잠시 후 단톡방에 사진이 한 장 올라왔다. 선 글라스가 올린 사진이었는데, 봉 씨 가족 차량의 뒷모습이 었다. 무슨 일인지 O션파크에 오자마자 바로 달아난 것이 었다.

그날 밤 나는 편의점에 가려고 내려왔다가 아파트 공동 현관 입구에서 이상한 광경을 목격했다. 선글라스와 체격이 작은 긴 머리의 여성이 함께 심각한 대화를 나누고 있었다. 나는 괜히 눈치가 보여 둘을 피해 가려는데 선글라스가 손짓 으로 나를 불렀다.

"402호, 여기 잠깐 와 봐."

그나마 선글라스와는 가까워진 편이었지만 다른 주민들과는 여전히 어색했다. 선글라스가 평소보다 좀 더 매서운 목소리로 말했다.

"잘 봐 둬. 여기 이 여자가 스파이야."

"스파이요?"

"202호인데 봉 씨하고 불륜 관계야."

"말 안 한다면서요!"

선글라스가 다시 주름진 입매를 일그러뜨리며 웃었다.

"402호는 입이 무거운 애야. 한 번도 제대로 입을 여는 걸 못 봤어."

202호가 내 손을 잡았다. 자그마한 체격의 풀잎 같은 여자였다. 긴 머리카락이 좀 푸석해 보이긴 했지만 내가 동경하는 그런 청초한 모습이었다.

'왜 저런 분위기로 봉 씨 같은 놈을 만나는 걸까.'

"나 금방 여기 떠날 거니까 그때까지 아무에게도 말하지 말아 줘요."

나는 그때 처음으로 말문이 터졌다.

"그럼 우리 돈은요? 우리 돈은 어떻게 되는데요?"

202호는 입술을 질끈 깨물었다.

박생강

"그건, 그건 나도 몰라요. 그런데 그 사람 돈 많아. 능력 있어. 어떻게든 해결할 거야. 지금 여기 말고 다른 곳에도 오피스텔 하나 짓고 있는데, 그건 금방 분양될 거라 그랬고. 그게 분양되면 그 돈으로 일단 여기부터 살려 놓을 거야."

그때 우리 세 사람의 휴대폰에 동시에 알림음이 들려왔다.

메시지를 확인하니 O션파크 세입자 단톡방에 새로운 인물이 초대됐다. 그는 T시 경찰서의 통합수사팀 형사팀장이었다. 알고 보니 세입자 중 한 명이 결국 봉 씨를 경찰에 신고한 것이었다. 형사는 단톡방의 세입자들에게 고생 많았다며 앞으로 수사 상황이 진척되는 것을 단톡방에 공개하겠다고 약속했다.

이후 봉 씨에 대한 정보를 단톡방에 올리는 사람은 형사로 바뀌었다. 하지만 선글라스는 단톡방에 어떤 메시지도 올리지 않았다. 202호는 단톡방을 나갔고, 다음 날 곧바로 O션파크를 떠나 사라졌다.

다른 세입자들은 그때까지 누구도 이곳을 떠나지 않았다. 나는 그들의 사정을 보지 않아도 알 수 있었다. 우리는 떠날 수 없었다. O션파크에 꼭꼭 숨어야 했다. 누군가가 우리의 머리채를 잡고 이곳에서 밖으로 끌어낼 때까지.

신용등급

누구도 말은 하지 않았지만 O션파크의 세입자들은 신용 등급이 좋지 않을 것이 틀림없었다. O션파크에 전세로 들어 오려고 마지막 남은 신용까지 박박 긁어서 대출금을 마련했을 게 불을 보듯 뻔했다. 하지만 나는 의외의 사실을 단톡방에서 알게 됐다. 우리들과 마찬가지로 집주인 봉 씨도 신용 등급이 바닥이었다. 아니 어쩌면 이곳의 세입자들보다 더 낮은 신용등급일지 몰랐다. 그 사실을 단톡방의 세입자들에게 알려 준 것은 형사였다.

수사팀장: 봉 씨는 나이스(NICE) 신용점수 최하위권 10등급입니다. 이런 사람은 상환 능력이 아예 제로죠. 여러분의 전세금을 노리고 세입자로 받았을 확률이 높습니다. 그러고도 남을 사람으로 보입니다.

경찰의 수사가 본격적으로 시작되자 봉 씨는 꼭꼭 숨어 버렸다. 휴대폰은 꺼 놓고 신용카드도 쓰지 않으니 어디에 숨어 있는지 당장 알 도리가 없다 했다. 형사들이 봉 씨가 돈을 빌린 사채업자들을 조사해 봉 씨의 행적을 찾는 중이라고 했다. 수사팀장은 틈틈이 수사 과정을 보고해 줬지만 세입자들의 마음은 나날이 타들어 갔다.

박생강

수사팀장이 마지막에 알려 준 정보에 따르면 봉 씨는 T시와 인접한 다른 지역에 숨어 있었다. 다들 그곳을 안다면 달려가서 질질 끌고 나올 기세였다. 하지만 봉 씨보다 선글라스의 행방이 더 궁금해졌다. 그녀는 단톡방에 남아 있었지만 형사의 등장 이후 한 번도 글을 올리지 않았다.

'무슨 일이라도 일어난 걸까?'

하지만 나와 선글라스는 단톡방으로 연결되어 있을 뿐 서로의 휴대전화 번호도 알지 못하는 사이였다.

'수상해. 형사가 나타난 다음부터 쥐 죽은 듯 조용해졌잖아.'

나는 선글라스의 행방에 대해 생각하다 부동산을 나오던 때의 장면을 떠올렸다. 선글라스는 부동산에서 나오자마자 우리 가족에게 사탕을 건네주었다. 하지만 나는 그녀가 부동산에서 사탕을 챙기는 모습을 본 적이 없었다.

'어떻게 그렇게 자연스럽게 사탕을 챙길 수 있지.'

나는 사실 마음으로 하나의 가설을 세워 놓았다.

'그녀는 전직 소매치기일지도 몰라. O션파크에서 세입자들 뒤를 밟은 이유? 그래, 그건 202호 때문일 거야. 봉 씨와 불륜 관계인 그녀를 통해서 뭔가 정보를 얻어 내려고 했겠지. 어떤 정보?'

그 순간 내 머릿속에 불이 반짝 켜졌다. 지금 봉 씨의 집에는 아무도 없다. 그녀는 그 빈집을 노리고 있는지도 몰랐다.

"봉 씨는 아직도 어디 있는지 모른대?"

늦은 저녁 소파에 물끄러미 앉아 선글라스에 대해 생각하는데 엄마가 말을 걸었다.

나는 가족들에게 단톡방에 올라오는 봉 씨의 행방에 대한 정보를 전해 주곤 했다. 나는 가족들이 내 말 한 마디 한 마디에 관심을 기울이는 게 은근히 좋기도 했다. 나는 늘 이 집의 골칫거리였다. 지금까지 이런 대접을 받은 적은 한 번도 없었다. 나도 이 집에서 가치 있는 사람이 된 것 같아 짜릿했다.

"엄마, 아무래도 봉 씨가 이 도시를 떠난 것 같대."

내가 단톡방 메시지를 보내 주자 엄마는 화를 냈다.

"아니, 경찰이 쫓는 바람에 그놈이 아예 잠적한 거잖아? 차라리 집주인이 편하게 일을 하게 해 줘야 하는 거 아냐? 다른 건물도 짓고 있다면서. 거기서 돈 받아서 여기 O션파크 사람들 전세금 처리해 줄지도 모르잖아."

'엄마는 어떻게 나보다 세상 물정을 모를 수가 있지? 그래서 당하고만 살았나?'

나는 나도 모르게 엄마의 손을 꼭 잡았다.

"엄마, 그런 일은 일어나지 않아. 우리 집도 돈도 다 그 사기꾼한테 뺏긴 거야. 이제 다 끝났다고.”

엄마가 갑자기 눈을 부릅뜨고 아악, 소리를 질렀다. 그러더니 내 손을 획 내쳤다.

“끝나? 끝나긴 뭐가 끝나아!”

방에 있던 다른 가족들이 거실로 나왔다. 아빠와 언니가 무슨 일이냐고 엄마에게 물었다. 엄마는 손가락으로 나를 가리키며 말했다. 어깨를 부들부들 떨기까지 했다.

“저게, 저게 나한테 그랬어. 우리 다 망한 거라고. 내가 바보같이 속아 가지고 그래서 이제 길거리에 나앉을 거라고.”

나는 그런 말은 하지 않았다. 물론 내 말의 속뜻이 그렇기는 했다. 진실은 원래 쓰디쓴 법이었다. 나는 혹시 엄마의 마음에도 짙은 우울의 멍 자국이 있지 않을까 생각했지만 그것까지 말하지는 않았다.

그때 언니가 나를 째려봤다.

“우리 집에서 제일 쓸모없는 년이, 이 집에 들어올 때 돈한 푼 안 보탠 년이. 입만 살아 가지고 아주 신이 나셨지!”

나는 엄마와 언니의 악다구니를 뒤로하고 집 밖으로 나왔다.

엘리베이터를 타려다가 비상구 계단을 이용해 한 층 한층 내려갔다. 억울해서 눈물이 자꾸 솟는데 그게 어떤 이유로 흘러내리는 눈물인지 헷갈렸다. 불행 탓인지, 건축주 봉씨 탓인지, 이 집 집주인 탓인지, 아님 이렇게 태어난 내 운명 탓인지.

그때 내 휴대폰으로 카톡 메시지가 하나 들어왔다.

선글라스: 13층으로 올 수 있니?

선글라스가 내게 보낸 메시지였다. 평범한, 아니 어쩌면 그 안에 다정함이 숨어 있을지도 몰랐다.

비밀번호

나와 선글라스는 1302호 앞에 함께 서 있었다. 나는 그녀를 똑바로 쳐다보며 말했다.

"나 당신이 누구인지 알아요."

선글라스는 팔짱을 낀 채 고개를 끄덕였다. 선글라스 옆에 그녀의 몸집만 한 여행 가방이 함께였다. 이제 곧 어디론가 떠나려는 눈치였다. 나는 문득 선글라스와 함께 나도 이 O션파크를 떠나 어딘가로 갈 수 있을 거란 믿음이 들었다.

"그렇다면 내가 왜 402호를 불렀는지도 알겠네?"

나는 손가락으로 1302호 출입문 앞을 주시하는 CCTV를 가리켰다.

선글라스가 CCTV에 대고 손을 흔들었다. 그러면서 이미 내가 올라오기 전에 CCTV를 부숴 놓았다고 말했다. 나는 발뒤꿈치를 들고 CCTV를 살폈지만 흠집이 나거나 부서진 흔적은 없었다.

"CCTV는 그대로인 거 같은데요."

"교묘하게 부수는 방법이 있지."

"사탕을 훔칠 때처럼요?"

선글라스는 고개를 끄덕였다.

"역시 402호는 다 알고 있었어."

나는 선글라스와 마주 보았다.

선글라스는 1302호 앞에 서서 그녀의 지난 삶에 대해 짤막하게 요약했다. 1960년대에 T시에서 유명했던 소매치기 자매들 중 막내, 그중에 혼자만 살아남았다고. 이후에는 부동산 중개업을 했지만 생의 마지막에 다시 한번 O션파크를 노리기로 했다고 말했다.

"형사가 그랬어요. 봉 씨는 신용등급이 바닥이라고."

선글라스가 고개를 끄덕였다.

"나도 그 메시지 읽었지. 하지만 그 말이 1302호에 금괴가 없다거나 숨겨 놓은 신사임당 뭉치가 없다는 말은 아니야."

선글라스는 오늘 밤을 디데이로 잡고 새벽에 이미 1302호에 들어갔다 나왔다고 했다. 이 집의 비밀번호는 O션파크를 떠난 불륜녀 202호가 말해 주었다고 했다. 봉 씨가 비밀번호 외우는 걸 귀찮아해서 1302호 잠금장치의 비밀번호를 202호와 똑같이 해 놓았다는 것이었다.

"예상대로 호화롭게 꾸며 놓았더구나. 이 작은 아파트 꼭대기에 자기만의 궁전을 지어 놓았어. 하지만 우리가 이태리 가구를 들고 나갈 시간은 없지. 금괴와 신사임당 뭉치, 금고 정도나 옮길 수 있을 거야. 그런데 혼자 처리하기에는 시간이 없을 것 같아. 내 정보원에 따르면 일주일 안에 봉 씨가 체포될 것 같거든. 그러니 오늘 밤에 끝내야 해."

선글라스는 내 어깨에 손을 얹고 나를 1302호 현관 쪽으로 돌려세웠다.

"같이하고 싶으면 문을 열어 줬으면 해."

그러고서 선글라스는 이 O션파크의 유일한 세대주이자 건축주이자 우리를 쥐고 흔드는 1302호의 현관 비밀번호를 속삭였다. 내 어깨 위에는 여전히 선글라스의 손이 올라와 있었다.

그 순간 나는 잠시 할머니를 떠올렸다. 지금 세상에 없는 할머니는 가족 중에서 어린 시절 나를 가장 아끼던 사람이

박생강

었다. 할머니는 언제나 내 어깨에 손을 얹고 이런저런 이야기들을 해 주었다. 가끔 간질간질 간지럼을 태우기도 했다. 나는 안타깝게도 할머니의 죽음을 직접 눈으로 보지 못했다. 그래서인지 가끔 할머니가 어딘가에서 살아 있을지도 모른다는 생각이 들었다. 나는 종종 할머니가 집 앞 골목에서 나타날 거라는 상상을 했다. 버스를 타고 이제는 사라진 바다극장을 지나가던 중학교 내내, 어쩌면 고등학교 시절까지.

"선글라스를 벗어 볼래요? 눈을 봐야 믿죠."

"좋아, 일단 문을 열어 보려무나."

나는 심호흡을 가다듬고 1302호 잠금장치의 비밀번호를 눌렀다. 네 자리를 눌렀을 때 문은 열리지 않았다.

'땀이 너무 났나?'

손바닥을 옷에 문질러 닦고 숨을 가다듬고 비밀번호를 눌렀지만 문은 열리지 않았다.

"비밀번호가 틀렸는데요?"

내가 고개를 돌렸을 때 선글라스는 나를 바라보며 천천히 그 안경을 벗었다. 그러자 선글라스의 백발이 사라지고 어깨가 사라지고 신발과 여행 가방까지 사라졌다. 1302호 앞에 서 있는 사람은 오롯이 나 혼자였다. 나는 그 자리에 서서 아무엇도 할 수 없었다.

나는 겨우 가빠 오는 숨을 어떻게든 진정시키려고 노력했다. 환각의 타격을 견디려고 노력했다. 나는 아무리 우울해도 상상이 아닌 현실에 발을 딛고 살아야만 하니까. 내 몸에 스멀스멀 기어다니는 벌레를 털어 내듯 몸을 흔들기도 했다. 그러다 자연스레 눈물이 뺨을 타고 흘러내렸다.

맞다. 모두 가짜였다. 우리의 행복한 집을 만들어 준 계약서가 가짜이듯 내 머릿속 상상이 만들어 낸 그런 가짜 풍경들. 그런 가짜가 내 눈앞에 진짜처럼 나타났다. 처음은 아니었다.

'괜찮아, 다 괜찮아, 아무것도 아니야, 예전에도 이런 적이 있는데 그냥 지나갔으니까.'

내가 가장 불행해 불행의 감각조차 무뎌졌을 때 다정한 사람이 내 눈앞에 나타난 적이 있었다. 나는 그렇게 세상을 뜬 할머니와 만난 적이 있었다. 사흘 동안이나. 나는 버스 안에서 바다극장 앞에 서 있는 할머니를 보고 서둘러 내렸다. 할머니는 좋은 집을 얻어 혼자 살고 있다고 했고 나는 그 말을 믿었다. 사흘 내내 할머니는 바다극장 앞에 서 있었다. 할머니는 그 좋은 집에 나를 초대하겠다고 한 그 다음 날 나타나지 않았다. 그런데 이번에는 할머니를 닮은 이웃인 선글라

박생강

스였다.

'모두 가짜였어. 현실의 계약서나 1302호를 털 수 있을 거란 믿음이나.'

나는 1302호의 비밀번호를 몇 차례 누르다가 다시 엘리베이터를 탔다.

4층에서 내리려는데 5층에서 엘리베이터가 멈추고 문이 열렸다. 단톡방 방장인 501호 아줌마가 서둘러 엘리베이터에 올라탔다. 나는 501호가 왜 위에서 내려오느냐고 물을까 봐 걱정했지만 그녀는 나를 신경조차 쓰지 않았다.

그녀는 서둘러 1층을 누르고 내게 말했다.

"방금 전화 받았는데 옥상에서 누가 뛰어내렸대. 세상에 이게 무슨 일이니?"

엘리베이터는 4층에 도착했고 문이 열렸지만 나는 내리지 않았다. 누가 떨어졌는지 직감적으로 알 것 같았기 때문이었다. 아마도 선글라스가 세상을 뜨기 전에 나를 잠시 찾아왔는지 몰랐다.

1층에 도착할 무렵 알림음이 들려왔다. 나와 501호는 동시에 메시지를 확인했다. 선글라스가 방금 단톡방에 올린 두 개의 메시지였다.

선글라스: 형사님, 그 남자를 잡는다고 우리가 살아남을 방법이 있나요?

선글라스: 없는 거죠?

단톡방의 형사는 대답이 없었다.

O션파크 공동 현관 앞에는 많은 사람들이 모여 있었다.

나는 뒷모습만 보고도 웅성대며 서 있는 사람들 중 선글라스를 알아보았다. 선글라스의 안경 밑으로 일그러진 주름과 흘러내리는 눈물이 보였다. 내가 손을 내밀자 선글라스가 내 손을 잡아 주었다. 선글라스의 손에서 따뜻한 온기가 느껴졌다. 선글라스는 살아 있었다.

O션파크 13층에서 본 선글라스는 내 환상에 불과했다. 휴대폰을 확인해 보니 선글라스에게 받은 메시지도 없었다. 그렇다면 선글라스가 전설적인 소매치기일지 모른다는 나의 추리 역시 착각일까?

나는 형사가 단톡방에 올린 메시지를 뒤늦게 확인했다.

수사팀장: 추후 민사로 소송하면 보증금의 일부라도 돌려받을 가능성은 있습니다.

박생강

그런 답변은 O션파크 세입자들에게는 아무 위로가 되지 않았다. 나는 그저 깨달았을 뿐이다. 상상은 현실이 된다. 그것이 불행의 파도를 타고 올 때는 더욱 쉽게 이루어진다. 하지만 나는 불행 속에 잠기고 싶지 않다.

나는 선글라스에게 장문의 메시지를 보냈다. 몇 시간 후 선글라스에게 답장이 왔다.

선글라스: 비밀은 지킬 수 있니?

나는 휴대폰을 손에 쥔 채 고개를 끄덕였다.

「O션파크 1302호」는 나 홀로 아파트 한 동의 세입자들의 단체 전세 사기를 그린 단편소설이다.

내가 어렸을 때만 해도 전세는 월세보다는 형편이 더 나은 그리고 내 집 마련에 한 단계 더 가까이 가는 희망이 담긴 말이었다.

2023년의 전세는 그때의 전세와 같은 단어지만 뉘앙스는 다른 듯하다. 전세 사기가 이슈 되기 이전부터도 전세 보증금을 떼일까 불안해하는 이들은 이미 많았다. 많은 세입자들이 보증금을 돌려받지 못할 수도 있다는 불안한 마음으로 입주한다. 어느새 전세는 희망보다 불안에 더 가까워진 단어가 됐다.

나는 수사 전문지《수사연구》의 기자로 일하면서 매달 경찰서에서 사기 범죄와 관련된 취재를 할 때가 많다. 보도 자료에는 적게는 수십 명 많게는 수백 명 단위의 숫자로만 피해자들이 명시되어 있다. 하지만 수사관들의 말을 통해 피해자들의 한숨과 눈물에 대해 조금은 더 자세히 들을 기회가 있다. 잡지의 특성상 내가 쓰는 기획기사는 주로 수사기법과 사건 전개 위주로 쓸 수밖에 없다. 대신 「O션파크 1302호」처럼 한 편의 단편소설을 통해서는 기획기사와는 다른 각도로 현실의 사건을 포착할 수 있지 않을까 싶은 생각이 들었다. 한 장의 사진이지만 다양한 감정을 느끼게 하는 종군기자 로버트 카파의 사진처럼 말이다.

독자 여러분들이 이 단편을 읽고 'O션파크 1302호'라는 사진 안에는 어떤 장면이 찍혀 있을지 상상해 주시기를.

보금의 자리

이선진

주방 겸 화장실에서 아침 겸 점심을 때운다. 메뉴는 언제나처럼 햇반에 조미김에 와사비. 내가 전자레인지에 햇반을 돌린 뒤 변기에 앉아 김을 자르는 동안 유령은 마른 밥풀처럼 천장에 붙은 채 나를 내려다본다. 마치 이런 집에서 어떻게 살아왔냐는 듯한 눈빛으로. 이런 집이란, 그러니까 공급면적 15.2평에 실평수 7.1평인, 육각형 구조에 가스레인지와 변기가 한데 위치해 먹고 싸는 행위를 동시에 해결할 수 있는 원룸 같은 투룸을 의미했다. 처음 언덕 꼭대기에서 가파른 철제 계단을 오르고 또 올라 집을 보러 왔을 때 공인중개사는 땀을 뻘뻘 흘리며 이 가격에 이 정도 컨디션이면 완전 거저야, 하고 말했다. 이 동네에서 전세 4,000이면 완전

오 마이 갓, 예수님 부처님 알라님 모두 놀라 자빠질 금액이라고. 북향인 데다 벽에 곰팡이 슨 자국도 있고 무엇보다 주방과 화장실이 일체형인 게 거저라기보다는 거지 같은 집에 가까워 보였기에 나는 나도 모르게 이런 데 어떻게 살아요? 하고 말했고, 그 말을 내뱉은 게 무색하게 이런 데서 2년이나 살았다. 그리고 전세 만기를 딱 2주 앞둔 시점, 혼자 살기에도 넓지 않은 집에 덜컥 세입자를 들였다. 세입자는 세입자인데 집주인인 세입자. 엄밀히 말해 내가 들였다기보다는 자기 맘대로 들어온 것이긴 했다. 불법 침입이랄까, 무단 입주랄까.

잠시 신세 좀 지겠습니다.

지난 주말 밤, 고등학교 동창 J의 집들이에 갔다가 술에 절어 돌아왔을 때 유령은 집 안에 한가득 쌓인 팔다 남은 여름 이불 위에 걸터앉은 채로 내게 말했다. 이 낯익은 사람은 누구지? 여긴 어떻게 들어온 거지? 술기운에 헛것을 보는 건가? 생각하는 와중 나는 그가 바로 이제껏 내가 애타게 찾던 집주인이라는 사실을 알아챘다. 부동산에서 계약서를 쓸 때 본 뒤로 거의 2년 만이었고, 2년이면 한집에서 함께 지내던 반려인이 하루아침에 사라져 버리기에도, 햇빛에 잔뜩 그을려 갈색빛을 띠던 집주인의 피부가 유리구슬처럼 투명하게

이선진

변해 버리기에도 충분한 시간이었다. 그리고 이게 대체 무슨 상황인지 파악해 보려고 머리를 굴리다 문득, 나는 깨닫고야 말았다. 그는 집주인이기도 하지만 유령이기도 하다는 걸. 나는 그가 누구인지 뻔히 알고 있으면서도 누구세요? 하고 물었다.

이 집 주인입니다.

여긴 제 집인데요?

그거야 그렇지만 제 집이기도 하니까요.

나는 됐으니까 좋은 말로 할 때 어서 나가 달라고 말하면서 유령의 팔을 잡아끌었다. 아니, 사실 그건 잡았다기보다 내 팔이 그의 팔을 통과한 것에 가까웠다. 차구나. 서로의 팔이 포개지던 순간 나는 생각했다. 만져지는 몸이 없는 이한테 몸이 차다는 말을 하는 게 좀 이상하긴 하지만 어쨌든 차도 너무 차구나.

그게 암만 제가 여기서 나가고 싶어도 그럴 수가 없어서요.

왜요?

저를 이리로 부른 건 그쪽이니까요.

404호 집주인에 따르면 그가 이리로 오게 된 건 전적으로 내 책임이었다. 그러니까, 그의 숨이 끊어졌을 무렵 이 세상에서 그를 가장 많이 생각한 사람이 다른 누구도 아닌 나였기에 내가 사는 공간으로 자연스레 흘러들어 온 거라고 했다. 마지막으로 자신을 가장 보고 싶어 하는 사람 곁에서 나흘 동안 있다 가는 게 저세상의 유일한 규칙이라고.

제가 그쪽 생각을 했다고요?

네. 것도 아주 많이요.

그래서 그쪽이 이리로 오게 된 거라고요?

네. 그렇게 된 셈이지요.

얼토당토않은 말이긴 했지만 적어도 내가 그에게 제발 답장 좀 해 달라는 문자를 200통도 넘게 보낸 건 사실이었다. 피 같은 전세금을 돌려받아야 하는 시점이 다가오는데 묵묵부답이니 똥줄이 타도 엄청 탈 수밖에. 이게 뉴스에서나 보던 전세 사기인 건가. 지금까지 모아 둔 목돈을 꼼짝없이 날리는 건가, 싶기도 했다.

유령이고 나발이고, 그럼 제 보증금은 어떻게 되는 거예요?

저승사자가 그러는데, 제가 올해의 44444번째 망자라고 특별히 한 번의 기회를 더 준다네요. 살아 있을 땐 운도 참 지지리 없었는데 이제 와서야. 웃기죠?

그럼 어떻게 해야 살 수 있는 건데요?

그게, 일단은 죽지 않아야겠죠.

이 사람이, 아니 이 유령이 지금 장난하나. 유령들은 원래 이렇게 우유부단한가. 당장 4,000이 날아가면 내가 어떻게 되는지 알기나 하는 건가. 부모와는 연을 끊은 데다가 큰맘 먹고 차린 이불 가게도 쫄딱 망해 대출도 안 나오고 누구한테 신세를 질 만큼 인간관계가 좋은 편도 아니므로 4,000만 원의 부재는 이 세상에 내 한 몸 있을 자리가 완전히 사라져 버린다는 걸 의미했다. 아니, 사실 자리는 차고 넘치는데 내가 있을 자리만 쏙 도려내지는 것에 가까웠다. 물론 나의 목돈이 누군가의 푼돈이기도 하다는 걸 나는 알고 있었다. 집주인이 연락 두절 상태야. 지난 주말 상암의 33평 아파트로 집들이를 갔을 때, 염치 불고하고 돈을 빌려 볼 요량으로 지금 내 사정을 넌지시 이야기하자 J는 어머 너무 속상하겠다, 했다. 그러면서도 근데 그 돈이면 뭐 괜찮네 그렇게 크진 않네, 대수롭지 않다는 듯 웃어 보였다. 뭐랄까, J 앞에 있으면 나는 작아지기만 하는 게 아니라 좁아지는 기분이었다. 좁아지고 또 좁아지다 고작 0.1평짜리 인간이 되는 기분이었다. 나쁜 년. J가 잠깐 속을 비우러 화장실에 간 사이 나는 집들이 선물로 사 갔던 다정큼나무 화분을 도로 챙겨 나왔다.

그런데 이 화분 씨 말인데요.

이불 위에서 숨죽이고 있던 유령은 다짜고짜 내가 구석에 처박아 둔 화분을 가리키며 말했다. 기분 탓인지 며칠 사이 잎사귀 끝이 약간 갈색으로 시든 것 같았다.

화분 씨가 그러는데, 여기 말고 다른 집에서 살고 싶다고 꼭 좀 전해 달라네요. 여긴 빛이 안 들어서 앞날이 캄캄해 죽을 노릇이라고. 반음지까지는 어찌어찌 참고 살아 보겠는데 완전 음지는 좀 곤란하다고.

이 화분이 그랬다고요?

네. 이왕이면 상암 푸르지오 109동 2504호 같은 데 살고 싶다는데요.

꼴에 식물도 사람처럼 자기가 있을 자리를 엄청 따지는구나. 기껏해야 몇 시간 새집에 있어 본 것 가지고. 새집증후군이 몸에 얼마나 나쁜지 알지도 못하면서. 어쨌거나 떠나는 사람은 안 붙잡아도 떠나려는 식물은 붙잡아 두는 게 인지상정이므로 나는 말했다.

죄송하지만 얘는 앞으로도 계속 저랑 여기 살 거라서요. 이름도 있어요. 소정이.

소정 씨는 난생처음 듣는 이름이라는데요?

방금 지었으니까요. 그치, 소정아?

당연하게도 소정은 아무 말도 하지 않았고, 하룻밤은 전에 없던 반려유령과 반려식물이 생겨나기에 충분한 시간이

　　　　　　　이선진

었다. 물론 우리를 한식구라고 부를 수는 없었다. 식구가 한 집에 살면서 끼니를 같이하는 사람이라면 나는 언제나 혼자 끼니를 해결했으니까. 혼자서 먹고 자고 싸는 삶을 살아왔으니까.

전세 계약을 맺을 때 갑이 유령이고 을이 나였다면 적어도 이번만큼은 갑을관계가 뒤바뀌어야 마땅했다. 세입자이긴 해도 지금 여기 사는 사람은 나니까. 전입신고도 했고 확정일자도 받았으므로 소유권은 몰라도 거주권은 나한테 있으니까. 말하자면 갑 한희본, 을 ○○○. 유령과 같이 사는 게 어딘가 께름칙하긴 했지만 나는 순순히 그와의 동거를 받아들였다. 살아 돌아가는 방법을 모른다곤 하지만 분명 무슨 뾰족한 수가 있긴 있을 거였다. 39층짜리 아파트, 아니 하늘이 무너져도 솟아날 구멍이 있는 게 인생이니까.

계약 조건은 더도 말고 덜도 말고 딱 세 가지였다. 첫째, 만약 살아 돌아가지 못할 경우를 대비해 전세금 반환을 요청할 상속인 전화번호를 넘길 것(저는 부모님이고 동생이고 다 죽어버려서 가족이라곤 아무도 없는걸요). 둘째, 유령도 잠을 자는지는 모르겠지만 잠은 주방 겸 화장실에서만 잘 것(여기 전구가 광량이 높아서 마음이 따뜻해지고 좋네요). 마지막으로, 주방 겸 화장실에 면한 작은 방에는 절대로 죽어도 그 무슨 일이 있어도 출입하지 말 것(네, 그렇게 하죠).

저기 뭐가 있는데요?

그렇게 물어볼 줄 알았는데 유령은 별다른 말을 덧붙이는 대신 순순히 그러겠다고 했다. 어차피 대답해 주지 않았을 테지만. 나는 이면지 위에 계약 조건들을 적어 내려갔고, 엄지에 빨간색 펜을 칠해 지장을 찍었다. 그러나 유령의 경우 자기 이름도 기억 못 하는 데다가 몸이 사물을 그대로 통과해 버려 지장 따위 찍을 수 있을 리 만무했다. 나는 유령의 이름이라도 알아내기 위해 2년 전에 썼던 부동산 계약서를 찾다 그만 제풀에 지쳐 주저앉아 버렸다.

구두 계약도 명백히 효력 있는 거 알죠?

내 말에 유령은 조용히 고개를 끄덕였고, 지금은 벌써 계약 시점부로 3일이나 지난 화요일이었다.

유령과의 동거는 생각보다 더 별게 없었다. 연락이 안 될 때는 조급함이 앞섰는데 막상 유령의 형상으로나마 그가 이렇게 눈앞에 있으니 뭐 어떻게 되겠지, 하는 마음이었다. 나는 언제나 그랬듯 침대에 멍하니 앉아 창밖만 바라보고 있었고, 유령은 그가 여기 존재하고 있다는 사실을 깜빡 잊을

이선진

정도로 숨소리조차 없이 고요했다. 간혹 윗집은 부부 싸움을 할 때마다 개새끼님, 병신새끼님, 하고 존댓말을 쓰네요, 아랫집은 혼술을 하는데도 꼭 잔을 두 개 놓고 건배를 하네요, 중얼거릴 뿐 살아 돌아가기 위한 별다른 행동도 노력도 보이지 않았다. 이대로 죽어도 아무 미련조차 없는 사람, 아니 유령처럼 보였달까. 나는 창밖을 바라보는 척하면서 자꾸만 유령을 힐끔거렸다. 그러자 뭐 물어보고 싶은 거라도 있어요? 유령이 말했고, 나는 있긴 있는데 왠지 그러면 안 될 것 같다고 했다. 대신 나는 별로 궁금하지도 않은 다른 질문을 던졌다.

그런데 그쪽은 왜 그렇게 된 거예요?

뭐가 말인가요?

어쩌다 그 꼴이, 그러니까 유령이 된 거냐고요.

참 빨리도 물어보시네요.

참 빨라서 미안해요.

그게, 산에 흙을 푸러 갔는데 누가 저를 미는 바람에 꼼짝없이 아래로 굴러떨어졌지 뭐예요. 추락사랄까.

아하. 뭐 누구한테 원한 산 거라도 있어요?

없지는 않은 것 같아요.

그럼 흙은 왜 푸러 간 거예요?

말하자면 긴 얘기라서요. 그러는 그쪽은 왜 그렇게 된 건데요?

제가 어디가 뭐 어떤데요?

나는 그렇게 물어 놓고서는 아니다, 됐으니까 대답하지 마요, 하면서 다급히 유령 쪽으로 몸을 돌렸다. 문득, 나는 투명한 유령의 몸에 비친 내 얼굴을 바라보았다. 이런 내 얼굴을 보고 싶지 않아서 집에 있던 거울도 모조리 내다 버린 거였는데. 새삼스럽긴 하지만 내가 봐도 내 얼굴은 진짜 말이 아니었다. 집 같지 않은 집에서 삶 같지 않은 삶을 살다 보니 사람 같지 않은 사람이 되어 가는 건가. 나는 침대 위에 아무렇게나 널브러져 있던 극세사 이불을 주먹으로 힘껏 내리쳤고, 주먹의 모양에 맞춰 동그랗게 숨죽은 이불은 아주 조금씩 서서히 원래의 모습으로 부풀어 올랐다. 그 아무것도 아니라면 아무것도 아닌 것에 가까운 복원의 과정을 처음부터 끝까지 가만히 지켜보다가, 나는 유령에게 말했다.

우리, 그쪽이 마지막으로 있었다던 산에 가 보는 건 어때요? 범인이 범행 현장에 반드시 다시 나타나는 것처럼 우리도 다시 가 봐요, 거기. 뾰족한 수가 없다고 계속 이렇게 뭉툭하게 있으면 되겠어요?

*

골막산은 걸어서 갈 수 있을 정도로 가까웠다. 직선거리
로는 1km가 채 안 됐는데 사이에 고속도로가 길게 나 있어
어쩔 수 없이 먼 길로 돌아가야만 했다. 그렇게 우리 셋은
막상 가서 뭘 해야 할지도 모르면서 일단 목적지를 향해 걸
음을 옮겼다. 아니, 무거운 배낭까지 둘러메고서 걸음을 옮
긴 건 사실 나 혼자뿐이었다. 유령은 공중에 둥둥 뜬 채로
날아다녔고 낡고 오래된 토분에 삐뚜름하게 심긴 소정은
내 품 안에 들려 있었다. 언제 시들어 죽을지도 모르는데 딱
한 번만이라도 밖에 나가서 광합성을 하고 싶다는 소정의
부탁을 나는 차마 거절하지 못했다. 물론 후회는 생각보다
더 빨리 찾아왔다. 집에서 나오기가 무섭게 길이 미끄러워
넘어질 뻔했는데 소정은 괜찮냐고 묻는 대신 화분이 안 깨
지게 조심 좀 하라며 핀잔을 주었고, 유령은 집에 있을 때보
다 조금 더 투명해진 얼굴로 그런 나를 바라보면서 그래도
희본 씨는 넘어질 수 있어서 좋겠네요, 속 편한 소리나 해
댔다. 엎친 데 덮친 격으로 나는 길을 걷다가 머리에 새똥을
맞았다. 길 가다 새똥 맞을 확률이 540분의 1이라던데 재수
가 없어도 더럽게 없었다. 너는 왜 그렇게 매사에 부정적이

야? 언젠가 반려인은 내게 그렇게 말하면서 자기는 우리 둘이 함께 있기만 하다면 그 어디든 괜찮다고 했다. 집이 좁든 낡든, 전세든 월세든, 집이 집 같지 않든 조금도 괘념치 않았다.

새똥도 맞고, 오늘 재수가 아주 좋으시군요.

유령의 말에 나는 누구랑 똑같은 소리를 하네요, 하고 대답했다.

누구요?

있어요. 아니, 있었어요.

잠깐 근처 공원 화장실에 들러 머리에 엉겨 붙은 새똥을 닦아 냈다. 똥 싼 새 따로 똥 치우는 사람 따로라는 사실이 억울하고 슬펐지만 이 정도 억울함과 슬픔쯤이야 다른 사람의 것에 비하면 아무것도 아니었다. 나는 공원 벤치에 앉아 햇볕을 쬐었다. 집 밖으로 나온 지 얼마나 됐다고 이제 걸을 만큼 걸었고 할 만큼 했다는 마음이 들었다. 그런데 이상하지. 돌아가고 싶은 마음이 굴뚝같고, 익숙한 동네인 만큼 어떻게 돌아가야 하는지도 알고 있었지만 이상하게도 내게는 돌아갈 수 있는 곳이 없는 것처럼 느껴졌다. 어릴 땐 빚 때문에 이집 저 집을 전전하느라 그랬다면 지금은 비록 전세나마 엄연한 내 집이 있는데도 그랬다. 그리고 예나 지금이나 한결같

이선진

은 건 내겐 늘 빚이 있다는 거였다. 물리적인 빚이든, 마음의 빚이든.

유령과 나, 그리고 소정은 공원 벤치에 고요히 앉아 있었다. 당장 내일이면 유령은 이 세상에 남거나 저세상으로 완전히 사라져 버릴 테고, 화분은 언제 내다 버려도 상관없을 거였다. 그런데 식물은 종량제 봉투에 버려야 하나? 버리는 것도 다 돈인데 그냥 다른 집 문 앞에 몰래 두고 와 버릴까? 생각하는 와중 팔에 깁스를 한 어떤 아줌마가 내게 다가오며 왜 혼자 그러고 있어요, 말을 걸었다. 나는 지금 혼자 있지 않고 셋이 있다고 말하려다 그냥요, 했다.

아가씨, 미안한데 잠깐 신세 좀 져도 될까?

아줌마는 길을 가다가 머리에 새똥을 맞았다면서 팔이 이 모양이라 혼자 힘으로는 도저히 씻어 낼 수가 없다고 했다. 그렇구나. 도와주겠다는 말은 꺼내지도 않았는데 아줌마는 곧장 화장실로 직행하더니 ㄱ 자로 허리를 숙여 세면대에 머리를 박았다. 뿌리 쪽이 새하얗게 올라온 게 당장 염색이 시급해 보였다. 하는 수 없이 나는 비누 거품을 낸 두 손으로 아줌마의 머리통을 비비고 주물럭거렸다. 생각해 보면 살면서 남의 머리를 감겨 주는 건 난생처음이었다. 아줌마는 물이 너무 차, 지금은 너무 뜨거워, 불평불만을 늘어놓다가 다짜고짜 사돈의 팔촌이 양평에 땅을 샀는데 사자마자 땅값이 폭락해서 아주 죽어난다고, 땅을 치고 후회 중이라고 했다. 어쨌든 그 땅은 사돈의 팔촌분 거잖아요. 내 말에 아줌마는 이 언니, 나랑 뭐가 좀 통하네, 하면서 웃었고 너무 웃었더니 배가 아프다고 했다. 그리고 쫄딱 젖은 개 꼴을 한 아줌마는 자기가 빚지고는 절대 못 사는 성격이라며 언제 한번 요 앞에 들르라고 했다. 자기가 이불 가게를 하는데 진짜 싸게 주겠다면서. 나는 나도 얼마 전까지 이불 가게를 했다고, 집에 팔다 남은 이불이 넘쳐난다고 말하는 대신 언제 한번 꼭 들르겠다고 했다. 문득 나는 슬퍼졌는데, 그건 아줌마가 빚지고는 못 사는 성격이었다면 나는 빚지고도 잘 살았기 때문이었다. 문제는 빚을 지면 신세를 지게 되고 신세를 지다 보면 시도 때도 없이 지게 된다는 거였다. 가파른 계단과 취객과 진상 손님이 많은 이 동네, 내가 6개월 할부로 먹고 사는 것들, 다달이 눈덩이처럼 불어나는 이자, 한겨울까지 팔리지 않아 먼지에 뒤덮여 있는 여름 이불, 무엇보다 나 자신에게 지게 된다는 거였다.

산 초입에 다다랐을 뿐인데 땀이 잔뜩 났고, 땀이 식자 몸은 금세 차가워졌다. 고작 이 정도 걸었다고 힘에 부치다니.

힘들어요? 유령이 물었고 나는 힘들다고 했다. 힘들 때 힘들다고, 아플 때 아프다고 말하지 못하는 것만큼 힘들고 아픈 일이 없었으니까.

뭐 얼마나 걸었다고 힘들어.

네?

소정 씨가 그렇게 전해 달라네요.

아무 힘 들이지 않고 여기까지 와서 둘 다 아주 좋으시겠어요. 내가 속으로 생각하는데 유령이 도와줄까요? 하고 물었다. 몸도 없는 주제 대체 뭘 도와줄 수 있다는 건지 알 수 없었지만 나는 됐다고 했다. 내 힘으로, 혼자 힘으로 가 보고 싶었다.

그런데 왜 하필 여기로 흙을 푸러 다닌 거예요?

내 물음에 유령은 말하자면 긴 얘긴데, 하고 얼버무렸고, 나는 괜찮으니까 말하자면 긴 얘기를 길게 해 보라고 했다. 유령에 따르면 그는 가족들이 골막산 꼭대기에서 투신해 죽은 뒤부터 여기서 매일같이 퍼 나른 흙으로 토분을 빚었다고 했다. 집주인의 빚 때문에 네 식구가 살던 투룸 전셋집이 경매에 넘어간 뒤로 가족들은 사는 게 사는 게 아니라는 말을 달고 살았고, 그러다 진짜 살지 않는 삶을 택했다고. 그 사망 보험금으로 경매에 뛰어들어 비로소 내 집 마련의 꿈을 이뤘다고. 유령은 일가족 동반 자살 사건으로 기사도 크게 났었다면서 자신의 고도를 아주 약간 낮췄다. 무거운 얘기를 하다 보니 마음이 가라앉은 것 같았다. 유령이라 몸은 없어도 분명 마음은 있을 테니까.

근데 엄밀히 말해 일가족이란 건 잘못된 표현이에요.

왜요?

저희 가족은 네 식구였는데 저만 쏙 빠졌으니까요. 저한텐 아무 말도 없이 자기들끼리만.

아하. 그럼 다시 만났나요? 유령이 된 가족들이랑.

네. 근데 꼴도 보기 싫으니까 죽기 싫으면 빨리 꺼지라고 했어요.

그랬더니요?

막 웃던데요. 자기들은 이미 죽었다고. 역시 우리 자식이 자기네를 안 닮아 유머가 있다면서. 웃기죠?

네, 진짜 웃기네요.

그러고 보니 희본 씨도 처음 집을 계약할 땐 어떤 여자분이랑 같이 오지 않았었나요.

그랬어요. 그런데 우리 빨리 갈까요?

좀 전엔 힘들다면서요.

그니까, 힘들어 죽겠으니까 빨리 가요.

이선진

나는 언제가 가장 힘들어 죽겠을까. 땀 냄새가 잔뜩 밴 이불을 환불해 달라는 손님이 찾아왔을 때? 계속 이렇게 빚지고 사는 신세로 남게 될까 봐 전전긍긍할 때? 때와 장소를 가리지 않고 나 자신이 작고 좁은 인간으로 느껴질 때? 그러나 내가 진짜 힘들어 죽겠는 순간은 따로 있었다. 살면서 나는 몇 번인가 애인의 부모님을 만난 적이 있었고, 그들은 따뜻하고 포근하지만 너무 무겁지 않은 겨울 이불 같은 사람들이었다. 그들은 가장자리에 은색 테가 둘러진 접시에 정갈하게 내온 감자 요리를 내게 덜어 주었고, 분명 감자로 만든 건데도 요리에서는 난생처음 먹어 본 맛이 났고, 나는 갓 조리한 음식에서 모락모락 피어오르는 김에 뿌옇게 가려진 그들을 바라보다가…… 문득 생각했다. 내가 볕 들 일 없이 춥고 어두컴컴한 북향 인간이라면 이 사람들은 온종일 해가 쨍하게 드는 남향 인간이구나. 남향집에 살다 보면 뼛속까지 남향인 인간이 되는 거구나. 무엇보다 그들은 서울의 명문 건축학과에 다니는 딸이 부모에게 손 벌리지 않고, 자기 힘으로 삶의 사다리를 한 칸 한 칸 착실하게 오르고 있다는 사실을 무척 대견해했다. 그러나 '자기 힘'이란 건 뭘까. 애인은 분명 자기 힘으로 자기 삶을 꾸려 왔지만, 자신의 힘을 기르고 만들어 오기까지 부모의 힘이 개입하지 않았다고는 할 수 없었다.

구축이긴 해도 화이트 톤으로 올 리모델링을 해 넓고 쾌적한 집. 사람보다 좋은 옷을 입고 좋은 것을 먹고 좋은 집에 사는 식용이 아닌 반려견. 안전한 주거 환경과 다정한 이웃들. 살면서 나는 그런 것들이 존재하는 세계에 속해 본 적이 없었고, 그런 경험이 없다는 것은 앞으로도 그런 경험을 하지 못할 확률이 매우 높다는 말이기도 했다. 그날 밤 우리가 보증금을 2,000씩 나눠 내고 함께 살던 집으로 돌아오자마자 나는 말했다.

그런데 이 집 말이야. 너무 좁지 않아?

나는 너랑 붙어 있을 수 있어서 좋아.

변기 앞에서 요리하는 거, 비위 상하지 않아?

살면서 또 언제 이런 경험을 해 보겠어.

비록 애인은 그렇게 말했지만 그날부로 나는 애인에게 언제든 돌아갈 수 있는 진짜 집이 있다는 생각을 떨칠 수가 없었고, 그건 애인이 아파트 붕괴 사고로 하루아침에 사라져 버린 것처럼 내 힘이나 의지만으로는 도무지 어쩔 수 없는 일이었다. 문제는 내가 어쩔 수 없는 일들이 내 삶에 너무 많다는 거였다. 39층 높이만큼 차곡차곡 켜켜이 쌓여 있다는 거였다.

그런데 저 너무 힘들어요.

　　　　　　　　이선진

힘들고 버겁고 그만 살고 싶어지는 순간들은 수도 없이 많았지만, 그러니까 지금 산을 오르는 것 정도는 진짜 힘든 축에도 못 꼈지만, 어째서인지 나는 빨리 가자고 말했던 게 무색하게 바닥에 주저앉아 화분을 툭 내려놓고는 유령에게 이렇게 말했다.

있잖아요, 저는 제가 너무 잘 사는 것 같을 때 가장 힘들어요.

어느새 내 어깨높이와 나란해지도록 몸을 낮춘 유령은 말없이 내 등을, 정확히는 내 등 쪽의 허공을 토닥여 주었다. 그러면서 자기는 살아 있을 때 왜 그러고 사냐는 말을 밥 먹듯이 들었는데, 유령이 되니까 그런 말을 일절 듣지 않아도 돼서 좋다고 했다. 차구나. 유령의 팔이 내 등을 투명하게 통과하는 순간 나는 생각했다. 차도 너무 찬데 이런 차가움도 나쁘지만은 않구나.

저, 기억났어요.

뭐가요?

호재, 제 이름이요.

호재 씨.

네, 희본 씨.

계속 가 볼까요, 우리.

서쪽에서 뜬 해가 동쪽으로 저무는 동안 우리는 동산 위에 올라서서 파란 하늘을 바라보았다. 하늘 가장자리가 조금씩 서서히 주황빛으로 물들고 있었다. 그리고 아직 완전히 물들지 않은 하늘 한구석에는 벌써 몇 년째 방치된 회색 콘크리트 덩어리가 우뚝 서 있었다. 듣기로는 다음 달부터 철거 작업에 들어가 그 자리에 더 크고 높고 비싼 아파트를 지을 거라고 했다. 한때 나는 그 자리에 있었던 사람과 아플 때서로 죽을 떠먹여 주고 사랑할 때 서로 입을 맞추고 속이 좋지 않을 때 서로 등을 두드려 주는 사이였다. 굳이 그렇게 위험한 데까지 가서 일할 필요가 있어? 언젠가 내 말에 애인은 건축을 책으로만 공부하는 게 아니라, 현장에서 직접 발로 뛰면서 부딪쳐 보고 싶다고 했다. 내가 그 어떤 것과도 부딪치지 않으려고 안달이었다면 애인은 제 발로 그런 위험천만에 몸과 마음을 내던졌다. 살면서 내가 절대 경험하고 싶지 않은 것들이 애인에게는 돈 주고도 못 쌓는 경험이라는 게 나를 작고 좁아지게 했다. 0.1평짜리 별 볼 일 없는 인간으로 만들었다.

저기 저거 좀 봐요.

내 말에 호재 씨는 자긴 고소공포증이 있다며 손사래를 쳤고, 나는 그럼 저기 저거 대신 나를 좀 봐 보라고 했다.

그거 알아요? 어릴 때 저는 동산 위에 올라서서 파란 하늘을 바라보는 게 꿈이었어요.

그럼 꿈을 이룬 거네요.

그게, 지금은 꿈이 좀 달라져서요.

어떻게요?

이제 저는 부동산 위에 올라서서, 남의 땅 남의 집이 아니라 제 땅 제 집에서 파란 하늘을 바라보고 싶어요.

아하. 혹시 웃으라고 한 소리인가요?

저 지금 완전 진지한데.

그럼 웃기긴 하지만 웃지 않을게요.

웃지 않겠다던 호재 씨의 입에서 비눗방울처럼 맑고 영롱한 웃음이 방울방울 새어 나오는 동안 하늘 저편에서는 금방 이륙했는지 곧 착륙할 예정인지 모를 비행기가 어디론가 향하고 있었다.

그런데 호재 씨는 혹시 몽골 가 본 적 있어요?

없어요.

가 볼 예정은요?

없어요.

저는 있었어요. 거기선 진짜 별이 잘 보인대서 언제 한 번쯤 꼭 가 보고 싶었거든요.

사실 여기든 저기든 별이 잘 보이든 안 보이든 나는 내가 있어야 할 곳에, 내가 있어도 괜찮은 곳에 있고 싶었다. 그냥 있는 게 아니라 잘 있고 싶었다. 그러나 지금 동산 위에 올라선 나는 고소공포증이 있는 것도 아닌데 차마 저 아래를 내려다보지 못한 채 고개를 푹 숙이고 있을 뿐이었다.

참 신기하지. 사람들은 모두 자기가 있어야 하는 자리를, 자신이 위치한 좌표를 정확히 알고 그보다 앞으로 나아가기 위해 안달복달했다. 더 나은 집과 더 나은 삶을 향해 갔다. 그러는 사이 나는 더 나은 사람은커녕 더 나인 사람이 되었다. 그러던 어느 날 나는 비로소 내가 있을 자리를 예약했다. 인천발 울란바토르행 이코노미석. 하지만 내 한 달 생활비의 두 배나 되는 비용을 지불하고 마련한 자리는 끝내 내 자리가 되지 못했다. 항공사 직원은 오버부킹이 된 상황을 대수롭지 않다는 듯 안내했고, 혹시 다른 날로 항공권을 변경해도 괜찮겠냐 물었고, 나는 안 된다고 했다. 별이 제일 잘 보인다는 '달 없는 날'에 맞춰서 떠나는 일정이었던 데다가, 무엇보다 내 옆의 애인이 그럼 어쩔 수 없죠 뭐, 하고 아무렇지 않게 반응했기 때문이었다. 난 절대 포기 못 해. 내가 내 돈 주고 산 자리인데 왜 내가 포기해야 해? 나는 말했고 애인은 그런 나를 부끄럽다는 듯 쳐다보았다. 그렇게 우리는 별을 보러 가지 못한 대신 서로를 벽 보듯 했다.

거기 뭐 재밌는 거라도 있나요?

연신 고개를 처박고 있는 내게 호재 씨가 물었다. 그러더니 그는 지금 내가 보고 있는 정확히 그 자리에 100원이 묻혀 있다고 했다.

곧장 땅을 파 보니 거기엔 진짜 까맣게 변색돼 흡사 똥처럼 보이는 100원짜리 동전이 묻혀 있었다. 나는 유령이 되면 뭐든 훤히 들여다보이는 거냐고, 그럼 내가 얼씬도 하지 말라고 한 방에 뭐가 있는지도 다 본 거냐고 물었다. 그런 셈이죠. 유령이 말했다.

금방 생각난 건데요. 유령은 옛날에 가세가 기울기 전 거실 한가운데 커다란 피아노가 있었다고 했다. 그러다 형편이 어려워지면서 피아노를 처분했고 예고에 진학하겠다던 꿈을 접었고 피아노가 있던 자리에는 흉한 피아노 자국만 남았다고. 부모님은 보기 싫으니까 대충 가려 놓으라 했지만 그러고 싶지 않았다고. 빚 때문에 야반도주하기 전까지도 매일 밤 그 자국을 건반 누르듯 연주했고 그럼 진짜 귓가에 피아노 선율이 들려오는 것 같았다고.

근데 그 얘길 갑자기 왜 저한테 해요?

그냥, 희본 씨한테도 살면서 그런 자국이 하나쯤 있었을
까 해서요.

그렇구나.

제가 괜한 얘기를 했나요?

음, 그래도 엄청나게 괜하지는 않았어요.

사실 나는 알고 있었다. 피아노가 있던 자리에는 피아노
자국이 남고 누군가 있던 자리에는 누군가의 흔적이 남는
다는 걸. 그리고 나로 말할 것 같으면 보기 흉한 자국이 셀
수 없이 많은데도 함부로 갈아 버릴 수도 없는 샛노란 장
판 같은 사람이라는 걸. 혼자 살 때도 그랬고 애인과 같이
살 때도 그랬다는 걸. 비행기 표를 허무하게 날리고 몇 주
지나지 않은 무렵이었다. 주방 겸 화장실에서 요리를 하다
잠깐 손을 씻으려고 수도꼭지를 틀었는데 손 호스가 아니
라 천장 샤워 헤드 쪽에서 물이 뿜어져 나와 기름이 담긴
프라이팬에 튀었다. 너 씻었으면 물 방향을 원래대로 돌려
놓으라고 내가 몇 번 말해! 주방 겸 화장실 벽을 향해, 정
확히는 벽 너머의 애인을 향해 내가 소리치기가 무섭게 윗
집 사람은 바닥을, 아랫집 사람은 천장을 쿵쿵 두드렸고,
나는 내가 속이 좁은 건 다 집이 좁아서 그래! 더더욱 크게

소리쳤다.

내가 좁아터진 집에 사니까, 안 그래도 좁아 죽겠는데 너랑 붙어 있느라 더 좁아터진 집에 사니까 내 속도 이렇게 좁아터진 거라고. 네가 나랑 사는 게 왜 살 만한지 알아? 너 나랑 이러고 사는 것 같아도 사실 잘살잖아. 마음만 먹으면 언제든 방 넷 화장실 둘 딸린 상암 본가로 돌아갈 수 있잖아. 집도 속도, 맘만 먹으면 네 맘대로 넓힐 수 있잖아. 돈 주고도 못 살 경험이라고? 그럼 어쩔 수 없이 평생 그런 경험만 하고 사는 사람들은 뭐야? 그 사람들은 뭐가 돼? 그리고 뭣보다, 너한테 나는 뭐야 대체?

얼마 뒤 애인은 잠시 떨어져 있으면서 시간을 갖자고 했다. 각자 시간을 보내는 동안 나는 혼자 잘 먹고 잘 자고 잘 쌌고, 손님이라곤 없는 이불 가게에 출근했다가 저녁이면 꼬박꼬박 퇴근했고, 늦은 밤 혼자 먹기엔 양이 많은 치킨을 혼자 먹다가 철근 누락으로 인해 아파트가 붕괴되었다는 기사에 '순살 아파트'라는 댓글이 달린 걸 보고 흣흣흣, 소리 내어 웃었고, 현장에서 희생된 사람 중 20대 여성 B양이 있다는 추가 보도를 듣고는 진심으로 나를 죽이고 싶었다. 그리고 나는 차마 나를 죽이지는 못한 채, 누군가 금방 그 안에서 빠져나간 것처럼 동그란 형태를 유지하고 있는 이불을, 잔뜩 부풀어 올랐던 솜이 완전히 죽어 버릴 때까지 하염없이 주먹으로 내리칠 뿐이었다.

호재 씨는 사는 게 뭔지 아나요?

꼭 쥐고 있던 주먹을 살짝 펴면서 내가 묻자 호재 씨는 덤덤한 얼굴로 아무래도 전 유령인지라 잘 모르겠네요, 했다.

그냥 한번 찍어 보기라도 해 봐요.

넘어질 수 있는 거? 전 둥둥 떠다니느라 이제 영영 넘어지지도 굴러 자빠지지도 못하니까요.

아하.

소정 씨가 그러는데, 산다는 건 싹수가 노래지는 거라네요. 본인 잎 끄트머리도 지금 약간 노래졌다고. 이게 다 뿌리에 비해 화분이 너무 작고 비좁아서 그렇다고. 집을 못 바꿔주겠으면 돌아가자마자 화분이라도 당장 바꿔 달라고.

아하.

그 정도쯤이야 일도 아니라고 나는 생각했다. 바꿀 수 있는 걸 바꾸는 건, 화분이나 흠집을 만들지 않으려고 꼭꼬핀을 꽂다 뜯어져 나간 벽지나 떡볶이 국물을 쏟아 빨갛게 얼룩져 버린 장판을 새것으로 바꾸는 건 진짜 일도 아니었다. 문제는 내 힘 내 의지로는 도저히 바꿀 수 없는 것들이었다. 이를테면 내가 내린 수많은 선택 같은. 애인과 떨어져 있는 동안 나는 혼자 길을 걷다가 머리에 새똥을 맞았고, 똥을 뒤집어쓴 채 걷다가 오래전 친구 겸 파트너 사이였던 S와 우연히 마주쳤고, 똥 범벅이 된 몸을 씻는다는 핑계로 그녀의 집에 발을 들였고, 마침내 속옷 차림으로 서로를 마주한 순간, 그녀는 아무래도 안 될 것 같다며 미안하지만 그만 돌아가 달라고 했다.

어디로?

응?

이제 와서 돌아가긴 어디로 돌아가냐고.

그야 희본이 네 집이지.

하지만 나는 돌아갈 곳이 없었다. 아마 나라는 사람의 평면도를 그려 본다면 거기엔 문이 하나도 없을 거였다. 나는 문 없는 집 같은 사람, 그 집마저 내 명의가 아닌 사람, 진짜 내 것도 아닌 집 안에 꼼짝없이 갇힌 채 오도 가도 못하는 사람이었으니까. 옷을 뒤집어 입은 것도 모른 채 밖으로 나와 휴대폰을 확인해 보니 애인에게 지금 어디냐는 문자가 와 있었고, 나는 차마 거기에 답을 보내지 못했다. 내가 어디에 있는지 몰라서가 아니라, 너무 잘 알고 있어서.

근데 희본 씨, 지금 어디 계세요?

호재 씨가 내게 물었다.

네?

지금 어디에 있냐고요.

산에 있지 어딨긴 어디 있어요.

그게 아니라, 마음이 계속 딴 데 가 있는 것 같아서요.

어디요?

네?

딴 데 어디 가 있냐고요.

그야 저도 모르죠.

유령이 돼서 그것도 몰라요?

그건 희본 씨 마음이니까요. 당신 마음의 현주소는 오직
당신만이 알 수 있으니까요.

지는 해가 조금씩 서서히 나를 붉게 물들이는 동안 나는
생각했다. 나는 지금 어떤 마음일까. 어떤 것에 가장 마음
쓰는 사람일까. 죽어서 나흘 동안 유령이 된 애인에게도 마
음이라는 게 있었을까. 그건 지금 내 옆의 호재 씨처럼 투
명했을까. 너무 투명해서 내 얼굴이 비쳐 보이기도 하는 그
마음속에는 아주 비좁게나마 내 자리도 있었을까. 그랬다
면 애인은 왜 죽어서 나를 보러 오지 않았을까. 왜 잠시나
마 내 옆에 있다 가지 않았을까. 아니, 나는 도대체 왜 어째

서…… 애인이 죽어 가던 그 순간 애인을 보고 싶어 하지 않았던 걸까.

무섭다 무서워. 없던 고소공포증이 갑자기 생기기라도 한 건지 나는 저 아래 펼쳐진 풍경을 바라보지 못하고 질끈 눈을 감았다. 그에 반해 높은 데를 무서워한다던 호재 씨는 이렇게 계속 있다 보니까 오히려 별로 무섭지 않은 것 같다면서 희미하게 웃어 보였다.

희본 씨, 그거 아시나요? 세입자한테는 원상 복구의 의무가 있다는 거.

그런데요?

티 안 나게 잘 가려 두긴 하셨는데, 자세히 보니까 집 벽지랑 장판이 죄다 망가져 있더라고요.

그래서, 원상 복구해 놓으라고요 지금?

아뇨, 애써 그러지 않아도 괜찮다고요.

……정말 그래도 괜찮을까요?

네. 정말 그래도 괜찮을 거예요.

유령한테까지 빚지고 산다는 건 어떤 걸까. 그건 슬프고 처량하면서도 이렇게 마음이 따뜻해지는 일일까. 나는 호재 씨에게 그렇게 살면 안 된다고, 그렇게 착해 빠져서야 어떻게 이 혹독한 세상을 살아갈 거냐고 했다. 그러자 호재 씨는 아주 조금의 자리나마 내 집 마련의 꿈도 이뤄 봤겠다, 자긴 이제 삶에 아무런 미련이 없다면서 웃어 보였다. 그렇게 홋홋홋, 하고 웃을 때마다 호재 씨는 눈에 띄게 옅어져 가고 있었다. 그건 곧 끝이 다가오고 있다는 말이기도 했다.

사실 저 이미 알고 있어요.

뭘요?

원한을 품고서 저를 죽인 범인이 어디 있는지요.

어디 있는데요?

여기, 지금 희본 씨 앞에요.

나는 내 앞에 있는, 너무 투명해져 버려 더는 내가 비쳐 보이지 않는 호재 씨를 바라보았다.

저승사자가 그러는데, 죽은 장소에 가서 다시 한번 똑같이 뛰어내리면 도로 살아날 수 있대요. 그런데 막상 여기 이렇게 다시 서니까 도저히 무서워서 안 되겠어요.

아깐 계속 있다 보니까 높은 데도 별로 무섭지 않다면서요.

이제 높은 데는 안 무서운데 사는 게 무서워서요. 그래서 말인데, 저는 이만하면 된 것 같아요.

그때 그 순간 산을 오르던 누군가 안녕! 하고 소리쳤고, 저 멀리서 안녕! 메아리가 울려 퍼졌고, 나는 그게 무슨 소리냐

이선진

고, 사람도 유령도 다 밥심으로 사는 거니까 일단 뭐라도 먹고 얘기하자면서 앉을 자리를 물색했다. 호재 씨가 사는 게 무서웠다면 나는 먹고사는 게 제일 무서웠으니까. 그리고 호재 씨가 그만 살기로 했다는 건 곧 나의 생계와도 직결된 일이었으니까. 주변을 암만 둘러봐도 마땅한 곳이 없어 나는 제자리에 털썩 주저앉았다. 지면이 울퉁불퉁한 데다가 이름 모를 풀들이 잔뜩 우거져 있어 앉기 적당한 것 같지는 않았지만 지금 내겐 그런 자리나마 감지덕지였다.

나는 이제껏 끙끙대며 짊어지고 온 배낭에서 도시락 통을 꺼내 들었다. 3단 도시락으로 1층에는 밥이 2층에는 김이 3층에는 거의 텅 비다시피 한 용기 안에 와사비가 담겨 있었다. 비록 차갑게 식긴 했지만 밥 위에 와사비를 얹고 그걸 김으로 싸 한입에 먹으니 진짜 별미였다. 매콤하고 알싸한 와사비 향이 코끝을 찌르면 눈물이 핑 돌았고, 그건 지금 내가 슬퍼서가 아니라 와사비 김밥이 눈물 나게 맛있기 때문이었다. 먹어 볼래요? 유령인 호재 씨가 뭔가를 먹을 수 있을 리 없다는 걸 알면서도, 사람이라 한들 이런 걸로 배를 채우고 싶지 않을 거란 걸 알면서도 나는 물었다. 그러자 호재 씨는 자긴 안 먹어도 배부르다며 웃어 보일 뿐이었다. 나는 매운맛을 달래기 위해 물 대신 맨밥을 입에 마구 욱여넣었다. 그렇게 조금 시간이 흐르자 거짓말처럼 매운 기가 가셨다.

시간이 지나가고 있다는 것. 내 곁을 지나가는 시간을 단 한 번밖에 살 수 없다는 것. 가끔은 그 자명하고 당연한 사실이 나를 힘들고 아프고 부끄럽게 만들었다. 장례가 끝난 뒤, 사실 그럴 여력도 없으면서 애인의 몫이었던 보증금 절반을 최대한 빨리 갚겠다고 자신했을 때에도 그랬다. 한때 내가 사랑했던 사람을 빼닮은 그들은 전혀 괜찮아 보이지 않는 얼굴로 다 괜찮다고 말하면서 나를 꼭 안아 주었고, 그들의 품에 안겨 있는 동안 나는 내가 고작 이런 사람이라는 게 너무나 힘들고 아파서 몸 둘 바를 몰랐다. 그리고 지금 이 순간까지도 어떻게든 호재 씨를 낭떠러지 밑으로 굴러 떨어뜨려서 그를 살려 내야 하나. 그렇게라도 내 살길을 모색해야 하나, 머리를 굴려 대는 내가…… 나는 부끄러워도 너무 부끄러웠다.

호재 씨, 제가 왜 많고 많은 집 중에 하필 그 집을 계약했는지 알아요?

나는 아직 내 곁에 있는 호재 씨에게 물었다.

보증금이 저렴해서요?

그것도 없진 않지만 사실 더 큰 이유가 있어요. 열두 살 땐

가, 집이 쫄딱 망해 버리는 바람에 여섯 식구가 다 같이 이
사를 가야 했거든요. 사람답게 사는 건 고사하고 무조건 제
일 싼 반지하 단칸방만 보러 다녔는데, 그때마다 부모님이
항상 이렇게 물어보더라구요. 좋은 일로 나가세요? 전에 살
던 사람들이 좋은 일로 나가면 앞으로 우리한테 좋은 일이
일어나기라도 할 거라는 듯이. 근데 신기한 게, 단 한 사람
도 나쁜 일로 나간다는 소리를 안 하는 거예요. 진짜 좋은 일
이 있었던 건지 그렇다고 안 하면 집이 안 나가니까 거짓말
을 한 건지 모르겠지만 하나같이 좋은 일로만 나간다는 거
예요. 그리고 좋은 일이란 걸 별달리 겪어 본 적 없는 어른이
되고 나서, 세상에 집이 이렇게 많은데 내가 살 집은 없다는
생각에 속이 까맣게 타들어 가는 상태로 마지막 집을 보러
갔을 때, 햇볕을 얼마나 쬐었는지 피부가 온통 새까맣게 타
버린 집주인한테 물었거든요. 좋은 일로 나가시냐고. 그때
그 사람이 그랬어요. 여기 사는 동안 좋은 일이라곤 단 한 개
도 있지 않았지만, 좋은 일이 있어서 나가는 것도 아니지만,
혹시 여기에 살게 된다면 여기 사는 동안 좋은 일만 있었으
면 좋겠다고.

　제가 그런 말을 했었나요.

　네. 그랬어요.

그랬군요.

그래서 말인데요, 앞으로 호재 씨한테 늘 좋은 일만 있었으면 좋겠어요. 호재 씨의 좋은 일이 저의 나쁜 일이더라도, 호재 씨 앞날에 늘 좋은 일만 있었으면 좋겠어요.

올라올 때는 함께였지만 내려갈 때는 그러지 못할 것 같다면서 호재 씨는 산 중턱까지만 나를 바래다준다고 했다.

근데 말이에요, 희본 씨. 소정 씨가 그러는데 북향도 괜찮고 빛이 안 드는 것도 다 괜찮으니까 꽃이 필 때까지만 버리지 말고 있어 달라네요.

언제 피는데요, 꽃이?

4월이라네요.

그럼 자신은 없지만 한번 노력해 보겠다고 전해 주세요.

역시 희본 씨는 마음이 넓다네요.

아뇨, 원래 마음이 되게 좁은 편인데 실평수가 잘 빠져서 그래요.

웃으라고 한 소리인가요?

네. 웃으라고 한 소리예요.

있죠, 언제 기회 되면 제가 화분 하나 선물해 드리고 싶어요.

웃으라고 한 소리에 웃는 대신 호재 씨는 말했다.

이선진

직접 빚었다는 그 토분이요?

네. 잔뜩 만들어 놓고는 정작 아무것도 심어 본 적이 없거든요.

고마워요.

근데 아쉽지만 기회가 안 될 것 같아요.

그래도 고마워요.

아무것도 안 먹었는데도 호재 씨가 배부르다 했듯이 나는 아무것도 받지 않았음에도 무언가 건네받은 느낌이었다. 마지막으로 호재 씨는 두 팔을 얇고 가벼운 홑겹 이불처럼 펼쳐 나를 안아 주었고, 나는 호재 씨의 포근하고 미지근한 품에 아주 잠깐 신세를 졌다. 그리고 조금이나마 마음이 가벼워졌는지 한 뼘쯤 더 높이 떠오른 호재 씨가 완전히 사라져 버린 뒤에도 누군가의 마음이 내게 닿아 있다는 실감만큼은 오랫동안 사라지지 않고 남아 있었다.

*

한결 가벼워진 배낭과 여전히 무거운 화분과 함께 집에 돌아와 보니 어느새 새벽, 어제 같기도 내일 같기도 한 시간이었다. 이 시간에도 윗집은 여전히 개새끼님! 병신새끼님!

존댓말을 써 가며 부부 싸움을 벌였고 아랫집은 당나귀! 하고 건배사를 외치며 혼술을 했다. 당신과 나의 귀중한 시간을 위하여. 그리고 지금 이 시간 이 마음이 흘러가 버리기 전에 내겐 오늘 꼭 해야 할 일이 하나 있었다.

호랑이가 죽어서 가죽을 남기고 사람이 죽어서 이름을 남긴다면 아직 완전히 시들지 않은 소정이 마지막으로 내게 남긴 말은 나는 다정작음나무로 태어났어야 했어, 였다. 다정한 구석이라곤 없는 자신에게 다정큼나무라는 이름은 너무 다정하다고. 나는 주방 겸 화장실에 면한 작은방 문을 열고 들어가 크기가 적당히 크면서도 깊이가 충분히 깊은 토분 하나를 꺼내 들었다. 호재 씨는 아마 잊어버린 것 같았지만, 오래전 내가 이리로 처음 이사를 왔을 때 짐을 두고 가신 것 같다고 연락하자 집주인은 그냥 버려 달라 부탁했고 나는 차마 그러지 못했다. 버리기 아까워서라기보다는 버리는 것도 다 돈이었으니까.

화분을 뒤집어 흙을 털어 내 보니 식물 뿌리는 안쪽이 꽉 차도록 촘촘하게 자라 있었다. 이러니 속이 얼마나 좁고 답답했을까. 나는 조심조심, 뿌리가 다치지 않도록 애쓰면서 소정을 새 공간으로 옮겨 심었다. 곤히 잠든 사람에게 이불을 덮어 주듯 고운 흙을 덮어 주었다. 다만 이곳이 그에게 아

이선진

늑하고 편안한 보금자리가 되어 주길 바라면서.

요즘 나는 이렇게 살아도 되는 걸까, 라는 생각을 하며 살아왔다. 다르게 살 수 있는 방법이 딱히 있는 것도 아닌데 그런 생각을 멈출 수가 없었다. 올해는 몸이 아파서 자주 병원 신세를 져야 했고, 삶이란 건 왜 이 모양 이 꼴일까 안 하느니만 못한 신세 한탄을 자주 했고, 내 소설이 너무 별로라는 생각을 살찌우며 처량한 신세를 자처했다. 집에는 안 들어가고 오갈 데 없는 사람처럼 이곳저곳을 전전했다. 집에 돌아와서도 여전히 집에 가고 싶은 마음이 굴뚝같았다.

그런데 적어도 이 소설을 쓰는 동안만큼은 소설이 나의 집이 되어 주었다. 지내기에 매우 포근하고 아늑한 보금자리가 되어 주었고, 돌이켜 보면 그 안에서 나는 나름 잘 지냈다. 잘 먹고 잘 자고 잘 쌌다. 8월에는 정든 집을 떠나 다른 곳으로 이사를 가고 아마 그때쯤이면 이 소설에서도 얼마간 짐을 뺄 것이다. 완전히 빼는 건 아니고 내가 여기 혼자가 아니라 소설과 함께 있었다는 걸 가물가물 기억할 수 있을 정도로만 뺄 것이다. 그리고 8월이 지나 9월도 지나 소설이 세상 밖으로 나올 무렵에는 이 소설 안에 나 아닌 다른 세입자들이 잔뜩 들어와서 잠깐 살다 가길 바랄 것이다. 두 번 읽는 사람은 두 번 살 테고 반만 읽다 만 사람은 반만 살다 말 것이다. 그렇게 10월도 11월도 12월도 지나 새해가 오고, 나이를 한 살 더 먹어 마음이 한 뼘 더 넓어지거나 좁아진 누군가 단 한 명이라도 문득 아, 그때 그 소설 참 살기 좋았지, 하고 생각해준다면 진짜 더할 나위 없이 좋을 것이다. 살 것 같을 것이다.

나는 늘 소설 때문에 죽겠지만 소설 덕분에 살아갈 힘을 얻는다. 이번에도 역시 소설에 큰 신세를 졌다. 그래서 하는 말인데,

잘 살다 간다! 내 소설아.

옵션, 없음

임국영

흉가가 있었다. 언제 지어져 얼마나 오래 방치됐는지 들은 바 없는 건물이다. 지붕은 썩은 슬레이트로 이루어졌고 나무 대문이 병든 아기가 우는 것만 같은 소리를 내며 열리고 닫혔다. 문턱을 넘어 집 안으로 진입하면 녹슨 수도가 목을 꺾은 채 덩그러니 서 있는 ㅁ 자 모양 공터가 튀어나왔다. '봉당'이라 불리는 이 공터를 기점으로 뒤쪽은 대문이었고 좌측면에는 아궁이 딸린 사랑방과 농기구나 곡식, 잡동사니를 보관하는 광이 있었다. 정면은 반쯤 야외라고 불러야 할 구식 부엌이, 오른쪽은 안방과 대청마루 그리고 건넌방이 차례로 연접한 구조였다. 변소는 대문 밖으로 돌아 나가 집과 살짝 떨어진 거리에 위치했는데 '푸세식'이라 불리기도 하는 재래식 화장실이었다. 쪼그려서 볼일을 보아야 하고 물을 내려 내용물을 어디론가 흘려보내는 게 아닌 그대로 쌓아 올리는 구조였다.

편의점은커녕 롯데리아도 없는 깡촌이었다곤 하지만 그 정도로 오래되고 낡은 집은 그 동네에서도 유일했다. 워낙 외관이 흉흉했던 탓에 이곳에서 누군가 스스로 목숨을 끊었다거나 귀신이 나타난다는 소문이 떠돌았다. 동네 꼬마들은 종종 흉가를 찾아와 담력을 시험하거나 벽에 낙서를 했다. 그러나 어느 순간부터 그 집에 우리 가족이 세간을 꾸렸던 사실을 깨닫고 아이들은 더 이상 나타나지 않았다.

성인이 된 후로는 내가 그런 집에서 살았던 사실을 아무에게도 발설하지 않았다. 해수를 제외하면 말이다. 그 집에 관해, 그런 곳에서 살 수밖에 없었던 과거를 털어놓자 해수는 나를 품에 안고 속삭였다. 우리 꼭 좋은 집에서 살자. 그 어떤 위협이나 불안함 없는 안전한 장소 말이야. 그러니까 앞으로도 우리.

"같이 살래?"

스마트폰 스피커에서 해수의 높은 목소리가 들렸다. 같이 살자고? 우리가 다시? 내 되물음에 해수는 해맑게 긍정했다.

선뜻 이해하기 어려운 제안이었다. 헤어진 지 5년이나 된 연인에게 오랜만에 연락해서 기껏 한다는 말이 이거라니. 우리의 연애는, 아니 우리의 동거는 이미 제법 정석적인 실패를 맞이하지 않았나. 내 침묵 속에서 당혹감을 읽었는지 해수는 차근차근 설명을 이어 갔다.

LH 전세 자금 대출을 받게 되었다, 아주 저렴한 고정 금리로 전세금을 최대 1억 2천까지 빌릴 수 있는데 월 이자가 15만 원밖에 안 된다, 이런 조건으로 최대 6년까지 대출을 유지할 수 있다는 얘기였다. 해수는 발품을 팔아 조금 낡긴 했지만 역세권 투룸을 구했다. 그런데 막상 방이 두 개나 생기자 생각난 사람이 바로 나였다고 한다. 이곳에 나만 있으면 완벽할 것 같다고.

"너한테 다 맞출 수 있어. 맹세해. 이번엔 내가 진짜 잘할게."

"진짜?"

"청소는 일주일에 두 번씩, 설거지는 밥 먹은 직후. 그날 입은 옷은 바로 바구니에 넣어 두고 제때 빨래하기. 어때?"

해수는 몇 가지 협상 카드를 꺼내 놓았고 나는 곰곰이 고민하는 척했다. 월세를 받지 않겠다는 마지막 공약을 들은 직후부터 내 마음은 한쪽으로 빠르게 기울고 있었던 것이다. 전기세와 가스비, 수도세 같은 공과금만 내가 부담하면 된다는 조건이었다. 투룸에서 여름과 겨울을 날 때 얼마나 많은 전력과 가스를 소비하는지 재빨리 검색해 보았다. 그러고는 마른기침을 하며 해가 잘 들지 않는 나의 반지하 방을 둘러보았다. 때는 11월이었고 곧 있으면 계약 만료일이었다.

"너 진짜 잘해야 해."

그로부터 한 달 하고도 보름 후, 나만큼이나 큰 배낭 하나를 등에 짊어진 채 바퀴 한쪽이 고장 난 32인치 캐리어를 끌고 집을 나섰다.

버스와 지하철을 한 번씩 갈아타고 한 시간을 이동해 해수가 일러 준 인근 지하철역에 도착했다. 지면에 닿자마자 물로 녹아내리는 진눈깨비를 고스란히 맞으며 역 앞에서 해수를 기다렸다. 약속 시간이 10분 정도 지나고 나서야 크고 작은 물웅덩이 위를 찰박거리며 해수가 나타났다. 그는 한쪽 다리를 절고 있었는데 표정만큼은 예나 지금이나 생기가 넘쳤고 스스럼없었다. 오랜만에 만난 그는 달라진 게 없다고 해야 할지 오히려 예전보다 건강해 보였다. 문득 해수의 눈에 내가 어떻게 비칠지 신경 쓰였다. 방구석에 숯을 놓고 옷에 탈취제를 뿌려도 반지하 특유의 곰팡내는 흩어지지 않았다. 그래서 해수와 조금 떨어져서 길을 걸었다.

임국영

해수는 집으로 안내하며 발목을 다치게 된 경위를 설명했다. 짧은 기간 동안 부동산만 열다섯 군데, 서른 개가 넘는 매물을 돌아다니느라 염증이 도졌다고 한다. LH 전세 자금 대출이 적용되는 조건이 까다롭다 보니 매물이 그다지 많지 않았다. 그래서 'LH'라는 단어 하나만 꺼내도 공인중개사들이 고개를 내젓기 일쑤였다. 그때 경험한 모멸감에 관해 이야기하는 해수의 얼굴에 어둡거나 분한 기색은 없었다. 우여곡절을 겪었지만 결국 그는 마음에 쏙 드는 매물을 구한 것이었다. 이런 괜찮은 집을 찾을 줄이야, 설마 예전에 사람이라도 죽은 게 아닐까 하며 웃는 해수는 더할 나위 없이 행복해 보였다.

역세권이라더니 정말이었다. 정신없이 쏟아내는 해수의 말을 들으며 5분 남짓 걷다 보니 목적지에 다다랐다. 그곳은 지어진 지 30년은 넘었을 이른바 '붉은 벽돌' 다세대주택이었다. 실망스러운 마음이 슬쩍 고개를 들었으나 티 내지 않고 해수를 따라 공용 현관을 넘었다. 계단을 한 층 올라 문을 열자 건물 외관과 다르게 말끔한 실내가 나타났다. 문을 등지고 왼편에는 세탁 장소 겸 베란다, 맞은편에는 작은 방이 보였다. 그리고 우측의 거실 겸 부엌과 화장실을 지나면 안방에 다다르는 구조였다. 집 전체 면적은 15평 정도로 가늠

되었다.

 "처음엔 이 넓은 공간을 무엇으로 채워야 할까 싶어서 막연하더라고. 원룸은 대체로 풀 옵션인데 투룸은 그렇지 않잖아. 내가 '오늘의 집'에서 돈을 얼마 썼는지 알면 너 기절할걸?"

 새 벽지와 장판이 새하얗게 번들거렸고 집 안 곳곳에 해수가 큰마음 먹고 장만한 세간살이가 자리 잡고 있었다. 168L 규격 냉장고와 13kg 용량 통돌이 세탁기, 퀸사이즈 침대, 오븐처럼 생긴 전자레인지와 에어프라이어, 따뜻한 주백색 스탠드, 무선 청소기, 식기와 요리 도구에 이르기까지 새것이 아닌 물건이 없었다. 커튼, 원목 협탁, 서가 등은 물론이고 선반 위에 두는 크고 작은 장식용 소품 모두 색감과 디자인이 나름대로 통일성을 갖추고 있었다. 채도가 낮고 전반적으로 현대적인 느낌이라 SNS에서나 보던 카페 같은 느낌마저 들었다. 유튜브에 업로드된 다양한 인테리어들을 참고해 해수의 취향대로 꾸민 집이었다. 심지어는 낡은 전등과 스위치, 콘센트마저 모조리 새것으로 갈아 버렸다고 했다. 두꺼비집을 내리고 어둠 속에서 직접 나사를 풀고 조였다는 것이다. 집에 관한 해수의 애정 혹은 집요함이 느껴지는 대목이었다.

임국영

"근데 여긴 왜 이래?"

"왕가위 컨셉이야."

홀린 듯이 집을 구경하며 감탄사를 흘리던 나는 화장실에 이르러선 당혹감을 감추지 못했다. 화장실 조명이 초록색 LED 전구였던 것이다. 말 그대로 90년대 홍콩 어느 낡은 호텔 방이나 마약 밀매가 이뤄지는 비밀 클럽의 특실 같은 느낌이었다. 하지만 화장실을 밝히는 용도로는 기능적이지 못한 조명임에는 분명했다. 미묘하게 조도가 낮아서 거울에 비친 내 모습이 자세히 보이지 않았다. 해수는 다른 곳은 어떻게든 손을 보았는데 화장실만은 너무 더럽고 낡은 티가 났다며, 그래서 조명으로나마 눈속임을 했다는 설명을 부연했다. 하여간 별나. 이해할 수 없다는 듯한 감상을 남기긴 했으나 속내는 조금 달랐다. 예기치 못한 지점에서 내 상상력을 빗겨 나간다는 점에서 해수를 닮은 공간이라는 생각이 들었다. 마음에 드는 집이었다.

해수는 안방에서 함께 생활하면 어떻겠느냐고 물었다. 마치 밥을 먹었는지, 잠은 잘 잤는지 묻는 사람처럼 스스럼없는 톤과 표정이었다. 나는 당황한 기색을 서둘러 지우며 작은 방을 사용하겠다고 못 박았다. 우린 이제 연인이 아니라 룸메이트이니까. 해수와 마주 선 거실에 어색한 기류가 감돌았다. 그러나 그것도 잠시, 해수는 밝게 웃으며 알겠다고 답했다. 대신이라고 하긴 이상하지만 안방의 서가를 함께 쓰자는 제안만큼은 흔쾌히 수락했다. 이사를 오기 전에 앞으로 읽을 일이 없을 것 같은 책들은 모조리 처분했다. 그러나 여전히 내 짐의 대부분은 서적이었고 해수는 그 사실을 짐작한 듯했다. 예상치 못한 배려였다.

서가에 책들을 꽂은 후 앞으로 내가 사용할 방에 가 짐 정리를 시작했다. 지난 자취방과 마찬가지로 해가 잘 들진 않았지만 적어도 곰팡이가 필 것 같진 않았다. 정리가 대충 끝날 즈음 해수가 와인병을 든 채 열린 방문을 노크했다. 이제 곧 크리스마스니까, 요새는 편의점 와인이 제철이라 싸고 좋다며 횡설수설하는 해수를 보자 웃음이 터졌다. 소매를 끄는 손을 따라 안방, 그러니까 해수의 방에 들어섰다. 소반 위로 치즈플래터와 와인 잔 두 개가 준비되어 있었다. 해수는 좌식 소파에 나를 앉히곤 흰 벽을 향해 빔프로젝터를 쏘았다.

"너 OTT 뭐 써."

"넷플이랑 티빙."

"나는 넷플릭스랑 왓챠. 아이디 공유하자."

〈헤어질 결심〉 볼까? 〈이혼 이야기〉, 이건 패스하자. 〈무서운 집〉? 이것도 패스. 야, 그냥 〈존 윅〉이나 봐. 영화를 고르면서 점차 기분이 고조됐다. 잊고 지내던 첫 동거 시절이 떠올랐다. 나와 해수는 다른 건 몰라도 영상을 함께 시청하는 시간만큼은 합이 잘 맞았다. 취향이 맞았다고 하기보다는 구독자로서의 태도가 상호 보완적이었다고 하는 편에 가까웠다. 어떤 작품을 택하는 게 좋을지 고민하느라 한 시간씩 허비하다가 결국 즐겨찾기 등록만 한 채 시청을 유보하는 작품 수만 늘리던 나와 달리 해수는 결단력이 뛰어났다. 지금 당장 궁금한 프로그램이 있으면 그게 시리즈물이든 전반적으로 평이 좋지 못한 졸작이든 재생 버튼을 누르고 보는 타입이었다. 덕분에 그 아니었으면 혼자선 절대 접해 볼 일 없을 작품들을 경험할 수 있었고 본의 아니게 취향의 바리에이션이 넓어졌다. 해수는 해수대로 자신이 어떤 작품을 택하든 별 불만 없이, 심지어는 나름의 관점으로 작품을 분석하는 내 반응을 살피며 흥미로워했다.

"해수 출세했다."

"내가?"

"돈 아끼겠다고 동네에서 무료 나눔 하거나 버려진 가구 같은 거 있으면 낑낑대면서 가져오고 그랬는데. 그때 생각하면 출세한 거지."

"헐, 맞다. 그거 기억 나냐? 저주받은 이태리 가죽 소파."

"당연히 기억하지. 그 소파 들여온 이후로 나는 허리가 작살나고 너는 지방간에 걸렸잖아."

해수는 비명처럼 웃음을 터트렸다. 언젠가 나와 해수는 동네 전봇대 앞에 버려진 고급 가죽 소파를 가져온 일이 있었다. 팔걸이 가죽 표면이 다소 해어져 있었지만 앤티크한 감성이 충만한 물건이었다. 그런데 그 소파를 들인 이후로 건강을 잃고 인간관계가 어그러지는 등 나와 해수에게 악재가 연달아 일어났다. 특히 나는 하루건너 밤마다 누군가 짓누르는 것만 같은 가위눌림에 시달렸다. 뒤늦게 이상한 낌새를 눈치채고 소파의 벨크로 시트를 떼어 내 보니 그 아래 기다란 머리카락 한 뭉텅이와 붉은 글씨가 적힌 부적이 발견됐다. 기겁한 나와 해수는 그날로 소파를 제자리에 갖다 놓았다. 폐기물 신고든 주술적인 의식이든 조치를 취하고 버렸어야 하지 않았나 하는 찜찜함이 아직도 남아 있다.

"도대체 그건 뭐였을까."

"뭐긴 뭐야. 원래 저렴한 물건엔 하자가 있는 거고 공짜인 것에는 저주가 깃드는 법이지."

그 시절에 관해 이야기를 나누던 나와 해수는 괜한 기분이 들어 좌식 소파 시트를 손으로 매만졌다. 와인을 두 병째

비우고 나서야 스스로 취기가 제법 올랐단 사실을 깨달았다. 문득 해수에게 묻고 싶은 말을 내뱉었다. 다시 나를 찾은 진짜 이유가 뭐야? 솔직히 나에 관해 좋은 추억만 남아 있진 않을 거 아니야. 싸우기도 많이 싸웠고. 음, 솔직하게 얘기해도 돼? 생리 현상을 다 튼 사이라서 그랬다. 그렇군. 나는 너한테 그런 현상을 튼 적이 없고 너만 일방적으로 그런 거였지만. 내 농담에 해수는 의미를 알기 어려운 손사래를 치고는 이렇게 말했다.

"너는 내 인생 최고의 동거인이었어."

해수가 자신의 와인 잔을 앞으로 내밀었다. 나와 이별한 후 연인이 몇이나 더 있었을까 궁금한 마음이 들었다. 나와 해수는 서로 얼굴을 곁눈질하며 잔을 부딪쳤다. 잠시 후 해수가 어깨를 내 팔에 붙여 왔다. 머리와 손이 조금 굳는 듯했다. 나는 화장실에 다녀온다고 말하며 자리를 피했다. 그때 화면에선 키아누 리브스가 사람의 머리를 향해 총구를 겨누고 방아쇠를 당겼다.

스무 살 때 머물던 낡은 고시원의 옆방에는 연인이 살았다. 얇은 베니어판에 벽지만 발라 세운 가벽 너머로 신음이 들리곤 했다. 처음엔 몸이 아파서 내는 소리일 거라 착각했다. 싸구려 1인용 매트리스의 흔들림이 점점 빨라지고 가빠지는 숨소리가 하나가 아니라 둘이란 사실을 눈치채고 나서야 옆방에서 어떤 일이 일어나고 있는지 짐작할 수 있었다. 창문도 없고 몸 하나 누이는 게 고작인, 마치 관짝 같은 1평짜리 방에 모로 누워 사랑이란 무엇일지 골몰했다.

그 고시원의 복도에는 창문이 없었고 조명마저 희미했다. 그래서 밤이고 낮이고 동일하게 어두웠다. 두 사람이 나란히 걷는 게 불가능할 만큼 비좁은 복도를 따라 대략 서른 개에 달하는 방들이 빼곡하게 나 있었다. 공용 부엌으로 향하는 길목의 어느 방에는 장기 투숙 중인 폐병 환자가 살았는데 환기 때문인지 그는 늘 문을 열어 놓고 생활했다. 숨이 넘어갈 것처럼 기침을 하며 어둠 속에서 TV를 시청하던 그의 눈동자가 기이한 빛으로 번뜩였다. 공용 부엌에서 밥을 먹는 내내 기침 소리와 TV에서 흘러나오는 소음을 들었다. 염도가 지나치게 높은 김치와 쉰내 나는 쌀밥을 씹어 삼키는 리듬이 그의 방에서 흘러나오는 음향과 불온한 협연을 이룰 때면 잠시 식사를 중단했다. 나는 언젠가 그처럼 될까 봐 두려웠다. '그처럼 되는 일'이란 게 어떤 의미인지 자문하며 식탁 위에 반쯤 먹다 만 음식과 죄의식을 남기고 식사를 끝마쳤다.

임국영

옥상에는 기다란 빨랫줄에 옷가지가 목을 매단 사람처럼 줄지어 늘어져 있었다. 내가 널어놓은 빨래 중에 사라진 물건은 없는지 담배를 피우며 살폈다. 잠시만 경계심을 늦춰도 속옷이나 양말이 사라져 버렸기 때문에 수시로 옥상을 올라야만 했고 결국 흡연량마저 늘고 말았다. 옥상에서 내려오는 길에 마주치는 다른 투숙객과 의심하는 눈빛을 교환하는 일이나 방귀처럼 타인의 내밀하고 사적인 생활 소음 같은 것들이 내 정신 건강을 좀먹었다. 그러나 그런 것들은 그나마 버틸 만했다. 최악은 따로 있었으니까.

그 오래된 건물에는 바퀴벌레가 지나칠 정도로 많았다. 어느 정도 익숙해지고 나서는 유충 정도야 손가락 끝으로 손쉽게 눌러 죽일 수 있게 되었다. 그러나 자는 동안 이불 아래로 파고들고 얼굴을 타고 오르는 성충들의 활보는 도저히 견디기 어려웠다. 아무리 약을 뿌리고 설치해도 차도는 없었고 수면의 질은 바닥을 쳤다. 아르바이트를 하던 피시방 의자에 누워 마우스와 키보드 조작음과 손님들의 욕설을 들으며 모자란 잠을 보충하는 일이 잦았다. 이러다 완전히 미쳐 버릴 수도 있겠다 싶던 그때, 해수를 만났다.

해수와는 교양 수업에서 알게 되었다. 고전 영화를 텍스트 삼아 동서양 철학을 배우는 비인기 강좌였는데 수강 인원이 많진 않았지만 나름대로 마니아층이 존재하는 이상한 수업이었다. 우연히 한 조가 되어 대화를 나누다 서로에게 흥미를 느낀 나와 해수는 친해진 지 얼마 안 돼서 잠자리를 가졌다. 그 무렵 해수가 자취하던 원룸은 고시원과 비교하면 말도 안 나올 만큼 크고 깨끗했다. 그런 곳에서 살 수만 있다면 더 바랄 것도 없었다. 그렇게 몇 번이고 해수의 집을 드나들던 어느 날 그에게 애원했다.

'나도 여기서 살면 안 될까? 너한테 다 맞출게.'

해수의 얼굴에 곤란한 빛이 스쳐 지나갔지만 애써 못 본 척했다. 결국 나는 비가 내리던 가을의 어느 새벽, 그달 치 방세를 담은 봉투를 침대 위에 던져 놓고는 도망치듯 고시원을 떠났다.

나중에 알게 된 사실이지만 해수 역시 넉넉한 형편은 아니었다. 아버지로부터 보증금과 월세를 '빌리는 것'이 고작이었다. 우리는 월세와 공과금을 정확히 절반씩 부담하기로 합의했다. 경제적으로나 정서적인 측면에서 제법 합리적인 관계였다. 우리는 따로 사귀자는 말을 하진 않았지만 어느새 서로를 연인으로 인지하고 있었다. 절차가 뒤바뀐 채 시작된 그와의 연애와 동거 생활은 그 후로 2년간 유지되었다.

임국영

그와 내가 헤어진 것은 애정이 식어서라기보다는 같이 살지 않기 위한 조치에 가까웠다. 별거의 명분이 필요했다고나 할까. 나와 해수는 사소하다면 사소한 부분에서 수시로 반목했는데 주로 불만을 쏟아내는 것은 내 쪽이었다. 금방 먹은 샌드위치 봉지를 머리맡에 휙 던지고 그대로 잠들어 버린다거나 씻은 뒤 수채통 위에 뭉텅이져 뒤엉킨 머리카락을 정리하지 않는 일, 청소와 빨래, 설거지에 도통 손을 대지 않는 모습에서 실망을 금하기란 쉽지 않았다. 해수의 술버릇도 문제였다. 술을 즐기던 그는 취기가 오르면 내 기분과 분위기를 고려하지 않고 자꾸 곁에 붙어 치댔다. 대화도 통하지 않는 상대가 지독한 술 냄새를 풍기며 끈질기게 품에 안기려는 일이란 유쾌한 경험이 못 됐다.

그중에서도 가장 이해하기 어려웠던 점은 바퀴벌레를 대하는 태도였다. 그는 빨래를 모아 둔 통 속에서 바퀴벌레가 어기적어기적 기어 나와도 잠깐 놀라고 말 뿐 무덤덤했다. 사색이 되어 소리를 지르며 난리를 피우는 나와 해수 사이의 온도 차는 극명했다. 별 대단치 않은 문제로 소란을 떠느냐는 해수의 핀잔이 견디기 어려웠다. 나와 동거를 시작하기 전에는 해수의 원룸에 바퀴벌레가 거의 출몰하지 않았다고 한다. 고시원의 바퀴벌레들이 내 짐에 알을 깐 게 틀림이 없었다. 말하자면 그들은 나와 함께 해수의 집으로 이주한 것이었다. 그 사실이 나를 더욱 끔찍하게 만들었다. 평생 그것들로부터 도망칠 수 없을 것만 같았다. 나는 차마 이 사실을 알리지 못했지만 실은 해수도 전말을 알고 있는 눈치였다.

의외로 이별을 먼저 고한 쪽은 내가 아니라 해수였다. 변명처럼 자잘한 사유를 늘어놓긴 했지만 이별을 결심하게 된 결정적인 까닭은 마지막까지 밝히지 않았다. 다만 그 역시 지쳐 버린 것이라 짐작할 따름이었다. 우습게도 나는 그의 이별 선언에 다소 충격을 받았다. 내심 관계를 끝내는 사람은 당연히 나일 거라고 여겼다. 설마 해수가 내게 어떤 결정적인 불만을 품고 있으리라곤 짐작하지 못했다. 어쨌거나 나 역시 그와의 생활을 정리하고 싶었기 때문에 큰 잡음 없이 그럭저럭 건강한 이별을 맞았다. 그래서 몇 년 만에 해수로부터 연락을 받고 재결합 제안을 받았을 때 큰 거부감을 느끼지 않았던 걸지도 모른다. 한번 갈라섰다가 다시 만난 연인은 첫 이별과 똑같은 이유로 헤어지게 된다고 하던가. 그러나 연인이 아니라 동거인이라면, 조금 더 성숙한 합의를 거친 관계라면 괜찮지 않을까? 그렇게 판단했다.

해수는 주중에는 지하철을 타고 한 시간 반을 이동해 판

임국영

교로 출근했다. 업무와 지옥철에 시달리느라 퇴근하고 나서
는 초주검 상태였는데 그럼에도 빨래는 꼬박꼬박 바구니에
넣었고 세면대나 화장실 바닥에 머리카락이 한 가닥이라도
보이면 즉시 주워서 쓰레기통에 집어넣었다. 처음엔 내게 다
짐한 약속을 지키고자 노력하는 줄 알았는데 조금 더 지나고
나니 실상은 집에 대한 애착 때문이란 걸 깨달았다. 이전까
지 그는 관계가 불편한 아버지로부터 진 빚으로 월세방을 전
전하며 살았고 그런 공간에 어떤 애정도 품지 않았다. 그러
나 부채감을 느낄 필요가 없는, 오롯이 자신의 힘으로 꾸린
전셋집이 생기자 태도가 급변한 것이었다. 그는 비로소 마음
편히 머물 유일한 장소가 생긴 것 같다며 입버릇처럼 재잘거
렸다.

　나 역시 해수와는 다른 의미로 만족스러운 생활을 이어
나갔다. 평생 내 몫의 집이나 공간 따위가 생길 것이라고 기
대해 본 적이 없었다. 그때그때 형편과 여건에 맞게 집과 몸
을 둘 장소를 옮겨 다닐 셈이었는데 지금의 처지에 비해 비
용과 환경 면에서 훌륭한 거주지를 얻게 된 것이었다. 나는
대학교 졸업을 오랫동안 유예하면서 드라마 대본을 집필했
다. 그간 논술 학원 강사로 일하면서 생활비를 충당해 왔는
데 해수의 집으로 거처를 옮기면서 소비를 극단적으로 줄일

수 있었다. 강사 일을 관두고 집 근처 편의점에서 아르바이트를 시작했다. 수입이 줄었지만 마땅히 지출할 데가 없었기 때문에 잔고는 제법 여유로웠고 집필 시간도 늘었다. 모두 해수 덕분이었다.

아르바이트를 하지 않는 시간에는 주로 집에 틀어박혀 드라마를 시청하거나 시나리오를 작성했다. 따로 연락을 주고받는 지인도 없었기 때문에 딱히 외출할 일도 없었다. 격주에 한 번 있는 시나리오 스터디 모임을 제외하면 말이다.

"주원이 시나리오 좋더라."

스터디장은 호의적인 미소를 띤 채 나를 바라보았다. 다른 스터디원들은 불만족스러운 표정으로 내 얼굴을 힐끔 살폈다.

"두 사람의 관계가 연애로 흐를지 불화로 이어질지 모를 스릴이 있어."

"한집에 살기로 계약을 맺은 남녀가 지지고 볶는 내용, 뻔하지 않아?"

누군가 반론을 펼쳤지만 스터디장은 의견을 굽히지 않았다.

"하지만 아슬아슬한 동거 관계는 어느 시대나 잘 먹히던 소잰걸. 그래도 요새는 작품의 방향성이 쉽고 자극적이어야 해. 죽도록 사랑하거나 아니면 진짜 누구 하나가 죽어 버리든가. 너는 어느 쪽이야?"

모임을 마치고 뒤풀이 자리가 있었지만 나는 불참 의사를 밝혔다. 스터디장은 아쉬운 기색을 내비쳤지만 한시라도 빨리 혼자가 되고 싶은 마음이 앞섰다. 집에 도착하자마자 방문을 닫고 불을 껐다. 스터디장의 말이 머릿속에 침처럼 박혀 콕콕 쑤시는 듯했다. 자극과 단순성에 관해, 사랑을 하든 싸움을 하든 죽을 만큼 격렬하고 알기 쉬워야 한다는 그의 주장이 오랜 격언처럼 느껴졌다. 어느 방송국 시나리오 아카데미에서 만난 수강생들끼리 교류하며 시작된 이 모임에서 스터디장의 입지는 특별했다. 그는 모임에서 유일하게 첫 작품을 계약한 예비 드라마 작가였다. 그래서 스터디원들은 그의 말에 귀 기울였고 나 역시도 마찬가지였다. 대체로 그의 말은 옳았고 나는 틀렸다. 바꿔 말해 내 시나리오는 잘못된 방향으로 뻗어 나가고 있었다.

침구에 몸을 뉜 채 전자담배를 피우며 생각을 정리하던 그때, 문 밖에서 해수가 귀가하는 소리가 들렸다. 평소와 달리 불규칙하고 느릿하게 바닥을 내디뎠는데 경험적으로 그가 술에 취해 비틀거리고 있단 사실을 알아챘다. 전자담배를 끄고 이불을 머리 위까지 덮어썼다. 문 밖에서 작고 어눌한 발음으로 내 이름을 부르는 목소리가 들렸지만 대꾸하지 않았다. 방문이 천천히 열리는 기척이 느껴졌다. 10초 남짓한 시간이 지나고 나서야 방문이 닫혔고 쓰러질 것처럼 발걸음을 옮기는 소리가 멀어지는 것을 들었다. 해수의 방문이 닫힌 뒤에도 나는 이불에서 머리를 내밀지 않았다.

　여름이 되었다. 각자 사비를 털어 벽걸이 에어컨을 방마다 한 대씩 설치했다. 집에 머무는 시간은 내 쪽이 압도적으로 길었지만 어지간해선 에어컨을 작동시키지 않았다. 하지만 더위를 쉽게 타는 해수는 에어컨 사용에 거리낌이 없었고 예상보다 전기요금이 많이 나왔다. 고지서를 받고 당황하긴 했지만 이해하지 못할 바는 아니었다. 해수 덕분에 아낀 월세를 생각하면 이 정도도 충분히 싸게 먹힌 거니까.
　"진짜 안 먹어? 마라탕 싫으면 김치찜은?"
　"난 있는 거 차려 먹을래."
　"아, 혼자서 무슨 배달 음식을 시켜 먹냐구. 그냥 같이 먹자. 내가 살게."
　해수는 음식을 만들어 먹는 것에 관심이 없었다. 무엇보다 부엌을 더럽히고 싶어 하지 않았다. 그래서 평일에는 외식을 하고 주말에는 배달 음식을 주문했다. 반면 나는 돈을 아끼고 건강도 챙길 겸 간단하게 요리를 해 먹는 편이었다. 무엇보다 혼자서 조용히 식사를 마치고 싶었다. 해수는 좀처럼 나를 이해하지 못했다. 심지어는 자신이 음식을 사 준다고 하는데도 뜨뜻미지근한 반응을 보이는 나를 못마땅해했다. 차곡차곡 쌓이는 부담감을 해수에게 어떻게 설명하면 좋을지 곤혹스러웠다.

첫 동거 시절에는 이런 문제들을 겪은 바 없었다. 그때는 해수가 보증금을 낸 입장이긴 했으나 월세는 절반씩 부담했고 생필품은 공공의 자금을 마련해 구매한 덕에 거리낌 없이 집안의 집기나 가전제품을 이용했다. 부채감을 느낄 필요가 없는 동등한 입장이었던 것이다. 그러나 지금은 나 스스로 해수에게 얹혀사는 존재, 집을 빌려 쓰는 처지로 인식했다.

이를테면 이런 식이었다. 꼭 필요한 경우가 아니면 전자레인지 사용을 자제했다. 헤어드라이어도 되도록 내 것을 사용하려 했는데 그런 모습을 발견할 때면 해수는 그냥 지나치는 법이 없었다. 그는 이 집에 있는 물건은 모두 네 것이라 생각하고 쓰라며 권유를 반복했다. 고마운 말이었으나 나로서는 여간 불편한 일이 아니었다. 자기 것이 아닌 물건을 어떻게 내 것처럼 써? 난처한 미소를 지으며 이렇게 답하는 나를 해수는 답답하게 여겼다.

한번은 해수의 무선 청소기를 사용하던 중 원인 불명의 이유로 기계가 고장 난 일이 있었다. 해수는 불과 몇 달 전에 구매한 신제품이 어째서 작동 되지 않는지 이해가 안 된다며 짜증을 냈다. 사과를 건네고 변상을 약속해도 손을 내저으며 네 탓을 하는 게 아니라고 부정할 뿐 기분을 풀지는 못했다. 나는 눈치를 보며 해수보다 더 많은 집안일을 도맡길 자처했고 몇 안 되는 나의 물건, 샴푸나 화장품 같은 것들을 편하게 사용하라며 내놓곤 했다. 고작 그런 것으로 해수에게 진 빚이 갚음되진 않았지만 이외에는 뾰족한 수가 생각나질 않았다.

가장 큰 문제는 해수가 배려와 호의를 베풀면서 은연중에 대가를 원한다는 점이었다. 그는 자신이 원하는 바가 있으면 떼를 써서라도 꼭 이루려 했다. 가령 주기적으로 함께 영상을 시청하거나 밤 산책을 나선다거나 혹은 배달 음식을 먹는 일이 그랬다. 고작 그뿐인 일에 불과했으나 가끔은 내게 거부권이 없는 것 같아 언짢았다. 그래서 주말이 되면 해수를 피해 집을 빠져나와 카페에서 집필 작업을 하는 일이 잦아졌다.

"혼자 사는 거 아니었어?"

임국영

황당하다는 표정을 한 남자가 나를 빤히 쳐다보았다. 카페 마감 시간까지 자리를 지키다 집에 돌아온 어느 날, 낯선 남자가 거실에 서 있었다.

"주원이 왔어? 인사해. 내 친구야."

나는 엉거주춤한 자세로 남자와 인사를 나누었다. 두 사람 다 낯빛이 발갰고 몸에서 술 냄새를 풍겼다. 남자는 내게도 같이 놀자고 제안했지만 해수는 주원이는 바쁘다며 말을 가로막았다. 해수는 남자의 소매를 이끌고 자기 방에 들어가 문을 닫았다. 문 너머로 두 사람이 잔을 부딪치는 소리가 들렸다.

방에 돌아와 노트북을 꺼냈다. 카페에서 하던 작업을 마무리하려고 화면을 들여다보며 타이핑을 했지만 좀처럼 진척이 없었다. 해수의 방에서는 별다른 소음이 들려오지 않았다. 침구에 누워 벽 너머에서 들릴 소리에 귀 기울였지만 마찬가지였다. 한 시간쯤 뒤에야 남자가 집을 떠났고 해수가 내 방문을 두드렸다.

"냉동실에 아이스크림 넣어 뒀어. 먹으면서 해."

나는 문가에 서 있는 해수를 돌아보지 않았다. 많은 말이 떠오르고 흩어졌지만 그중에 '고마워'라는 표현은 없었다.

"말도 없이 누굴 데려와서 미안. 네가 요새 안 놀아 주니까 다른 놈이랑 노는 거 아니냐. 그래도 다음엔 조심할게."

술에 취한 사람치고는 정확하고 신중한 발음이었다. 할 말을 고른 끝에 알았다는 말 한마디로 대화를 끝내기로 했다. 방문을 닫기 직전 해수는 마지막으로 이 말을 남겼다.

"덥지도 않냐? 에어컨 좀 켜지."

해수가 떠나고 나서야 이마에 번들거리는 땀을 닦았다. 그날 밤은 아주 오랜만에 가위에 눌렸고 잠에서 깼을 때 해수는 집에 없었다.

다음 주말, 나는 해수와 집 근처 천변을 산책했다. 해수는 신이 난 눈치였다. 내가 먼저 함께 시간을 보내자고 제안하는 경우가 드물었기 때문이다. 그는 직장 동료들의 험담을 주워섬겼고 나는 달리 공유할 에피소드가 없었기 때문에 잠자코 경청했다. 한 시간 남짓 산책한 후 나와 해수는 벤치에 앉아 땀을 식히며 잠잠한 물가를 내려다보았다. 잠시 후 해수가 편의점에서 해외 맥주 네 캔과 마른안주를 사 왔다.

얼마간은 필요에 의해 만든 자리였다. 어색해진 룸메이트와의 관계성을 회복하고자 결심한 것이었다. 한편으로는 그간 해수에게 무심했던 것은 아닌지, 갈등 요소를 해결하지 않은 채 회피만 하고 있진 않았나 하는 반성에서 비롯한 행동이기도 했다. 그래서 부러 즐거운 추억담을 입에 올리고 과거에 비해 훨씬 청결하고 부지런해진 해수의 변화를 치켜 세우거나 했다. 그는 칭찬을 기쁘게 받아들이며 맥주를 들이켰다. 내가 맥주 한 캔을 비우는 동안 해수는 세 캔을 해치우고 다시 네 캔을 사 왔다. 그러길 두 번 정도 반복한 끝에 해수는 어릴 적 기억을 늘어놓기 시작했다.

해수의 부모님이 이혼했단 사실은 알고 있었다. 열두 살 때부터 아버지와 단둘이 살았단 것도 말이다. 해수와 아버지는 성격이 통 맞질 않았고 그 때문에 늘 불편한 관계가 유지되었다. 해수에 따르면 그는 지독한 수전노였고 하나뿐인 자식에게마저 인색하게 굴었다. 돈 아끼는 법을 모른다며 좀처럼 용돈을 주지 않았고 해수를 자기 집에 얹혀사는 식충이처럼 취급했다. 아버지가 직장에서 돌아오지 않은 어느 날, 해수는 거실 바닥에 누워 어지럼증을 느꼈다. 지진이 일어난 것도 아니었는데 불어오는 바람의 결을 따라 아파트가 크게 너울거리는 듯한 불안한 감각이었다. 해수는 그때 삶의 목표를 정했다.

"흔들리지 않는 집에서 살기로 했어. 지면에 단단하게 뿌리내린, 그런 완벽한 장소 말이야."

해수의 발음이 점차 꼬이기 시작했다. 해수를 부축해 집으로 돌아가려 하는데 그가 집에서 한 잔 더 마시자며 떼를 썼다. 나는 자꾸 굳으려는 얼굴을 미소로 덮으며 만류했다.

"내일 일요일이야. 뭐가 문젠데? 너 아직도 내가 술 마시면 실수하는 앤 줄 알아?"

해수가 언성을 높이며 억지를 부리자 결국 붙들고 있던 팔을 놓을 수밖에 없었다. 집에 돌아온 해수는 빈 벽면에 빔 프로젝터를 쏘았고 잔에 와인을 가득 채웠다. 해수는 두서없이 말을 늘어놓고 웃음을 터트리길 반복했다. 나는 반응을 하는 둥 마는 둥 하며 잔을 든 채 생각에 잠겼다.

해수의 부모님이 이혼했을 그 무렵, 나의 아버지는 직장을 잃었다. 그 직후 시작한 사업도 얼마 못 가 실패하는 바람에 담보로 맡겼던 집을 잃었다. 그렇게 먼 친척 어르신이 오래전에 살다가 처치가 곤란해 내버려 둔 그 흉가 같은 건물로 세간을 옮길 수밖에 없었다. 귀신이 나타난다는 소문이 떠돌고 당장 무너져도 이상할 것 같지 않던 그 열악한 구조물마저 우리 가족의 온전한 소유가 아니었다. 그 사실을 알게 된 이후로 나는 공포감에 시달렸다. 벽 너머에서 쥐와 고양이가 추격전을 벌이고 천장 한구석에 거미가 실시간으로 집을 짓는 최악의 공간마저 온전히 가지지 못한 삶이라니. 막말로 실소유주가 변덕이라도 부리는 날이면 당장에라도

임국영

밖에 나앉아 살아야만 하는 처지였다. 내가 사는 집이 너무도 끔찍해 한여름에도 이불을 머리까지 뒤집어쓴 채 잠을 청했다. 나를 걱정하는 부모님에겐 귀신이 무서워서 그런 거라며 둘러댔다.

불현듯 집이라는 대상을 두고 나와 해수의 인식이 상당히 어긋나 있단 사실을 깨달았다. 내게 집은 영원히 소유가 허락되지 않은 무엇이었다. 반면 해수에게 그것은 뜨거운 욕망의 대상이었다. 노력 여하에 따라 얼마든지 쟁취할 수 있으며 자신의 의지에 의해 통제되는 장소였다. 이런 차이에서 생기는 간극이 둘 사이에 균열을 내고 있는지도 몰랐다. 나와 해수는 함께 살면 안 됐다.

술에 취한 해수가 내 손목을 붙들었다. 무언가 중요한 이야기를 털어놓으려는 기색이었다. 그러나 나는 신경질적으로 팔을 빼내며 손길을 쳐 냈다. 그 바람에 들고 있던 잔의 내용물이 허공에 흩뿌려졌다. 유튜브 광고 영상이 비치고 있던 벽면에 비정형적인 모양으로 와인이 검붉게 물들었다. 재빨리 물티슈를 뽑아 얼룩에 문대자 수분을 머금은 싸구려 벽지의 결이 때처럼 일어나고 벗겨졌다. 더 이상 손 쓸 수 없단 걸 깨달은 나는 해수를 돌아보았다. 해수의 흐린 눈동자가 벽면에 꽂혀 있었다. 화면을 보고 있는 것인지 얼룩을 응시하는 중인지 알 수 없었다. 나는 해수가 두려웠다.

　도대체 이 작품의 장르가 로맨스인지 치정극인지 그것도 아니면 성장 드라마인지 모르겠다고 말하며 스터디장은 인상을 찌푸렸다. 주제가 모호해, 너는 너무 우유부단하고 답답하다, 네가 그러니까 데뷔를 못 하는 거 아니냐는 말을 늘어놓으며 그는 내 잔을 소주로 채웠다. 아무래도 죽이는 게 좋겠지. 뒤풀이 자리 내내 그의 잔소리를 듣다가 홀린 듯이 그렇게 답했다. 그는 잘 생각했다며 내 뒷머리를 가볍게 쓰다듬었다. 그러고는 따로 술자리를 갖자며 비밀스럽게 제안했지만 나는 고개를 내젓고 자리를 피했다. 집으로 향하는 버스에서 그와 메시지를 나누었다.

　ー 너는 눈치가 없는 거야? 아니면 없는 척하는 거야?
　ー 글쎄. 그건 내가 할 말이었는데.

　집에 돌아오니 살짝 열린 해수의 방문 틈으로 키득키득 웃는 소리가 들렸다. 문을 열자 일전에 인사를 나눴던 남자와 해수가 술을 마시는 광경이 눈에 들어왔다.
　"나도 껴도 돼?"

해수는 놀란 눈으로 나를 돌아봤고 남자는 반색하며 앉을 공간을 마련했다. 술자리를 시작한 지 얼마 안 된 기색이었지만 이미 전작이 있었는지 두 사람 다 취기가 제법 올라와 있었다. 나만큼은 아니었지만.

"MBTI가 어떻게 돼요? INFP?"

"네, 맞는데요."

"어쩐지. 해수 얘기 들어 보니까 그쪽이 너무했더만."

"아!"

해수는 유쾌한 농담이라도 들은 사람처럼 웃음을 터트리며 남자의 입을 틀어막는 시늉을 했다. 남자는 능글맞은 미소를 지으며 해수에게 내가 해석할 수 없는 눈빛을 보냈다. 해수가 그에게 털어놓은 이야기의 시제가 첫 번째 동거를 말하는 것인지 현재를 뜻하는지 헤아리기 어려웠다. 남자는 연거푸 건배를 외치며 잔을 부딪쳐 왔고 나는 피하지 않았다. 술을 입 안에 머금고 힐끔 벽면을 살폈다. 와인 자국은 액자에 넣은 〈중경삼림〉 포스터로 가려져 있었다. 벽지가 오염된 것보다 크기가 훨씬 큰 포스터였다. 잠시 후 화장실에 다녀온 남자가 말했다.

"근데 여긴 화장실 불빛이 왜 이래?"

"왜? 이상해?"

"변태 같아."

남자가 표정을 찡그리자 해수가 어색하게 웃었다.

"그 얘기 들었어요? 우리 사귀었던 거."

해수와 남자가 동시에 나를 돌아봤다. 나는 두 사람의 얼굴을 들여다보다 그만 참지 못하고 웃음을 터트렸다. 그러곤 전자담배를 꺼내 피웠다. 해수의 시선이 내가 내뿜는 연기를 따라 움직였다. 생각해 보니 해수 앞에서는 실내에서 흡연한 일이 없었다.

미묘하게 가라앉은 분위기가 이어진 끝에 술자리는 30분도 채 되지 않아 파하고 말았다. 남자는 집에 돌아갔고 나는 해수의 방을 나섰다. 에어컨 전원을 켜고 두꺼운 이불을 뒤집어쓴 채 이부자리에 몸을 뉘었다. 땀에 젖어 반쯤 잠에 들었을 때 얼핏 방문이 열리는 소리를 들었다. 누군가 다가와 옆에 눕는 게 이불 너머로 느껴졌다. 몸을 움츠리고 숨을 죽였다. 가위에 눌린 것인지 해수가 다가온 것인지 알기 어려웠다. 이불 한 겹을 사이에 두고 곁에 달라붙은 누군가의 불쾌한 숨소리가 들렸다. 마치 누군가의 내장에 갇힌 기분이었다.

잠에 든 것인지 뜬눈으로 밤을 지새운 건지 모를 상태로 아침을 맞았다. 이불 밖에는 아무도 없었고 문은 닫혀 있었

임국영

다. 해수는 방에 없었다. 나는 잠시 벽 앞에 서서 포스터를 바라보다 방 안을 둘러봤다. 원목 협탁 위에 올려 둔 마샬 블루투스 스피커와 워터볼 문진, 벽난로 형태 LED 무드등이 눈에 들어왔다. 처음 이 집에 왔을 때만 해도 없던 물건들이었다. 새삼 최근에 해수의 방에 들어온 일이 드물었단 걸, 혹은 들어오더라도 공간의 변화를 그다지 눈여겨보지 않았단 사실을 깨달았다. 책이 가득 꽂힌 삼단 서가는 내 키보다 높이가 낮았다. 각 칸마다 낯선 탁상용 시계와 아기자기한 소품 장식 그리고 디퓨저 따위가 놓여 있었다. 그러다 문득 위화감을 느끼고 서재 앞에 가까이 다가갔다.

디퓨저 뒤편으로 빈틈없이 꽂힌 책들이 보였다. 액상 향료를 촉촉하게 머금은 디퓨저 스틱에 닿은 책등이 노랗게 물들어 있었다. 얼룩진 책들은 모두 내 물건이었고 공교롭게도 가장 아끼던 책들이었다. 나는 디퓨저를 휴지통에 버리고 서가에 꽂힌 책들을 모조리 뽑아 버렸다.

캐리어와 배낭에 책과 옷가지를 집히는 대로 챙기고 몸을 일으켰다. 그때 검은 비닐 봉투를 들고 현관 앞에 우뚝 서 있는 해수와 눈이 마주쳤다. 해수는 어딘지 담담한 미소를 짓고 있었다.

"출근 안 했네."

"숙취가 심해서 쉬었어."

"그래. 그럼 갈게."

해수는 대꾸하지 않고 거실을 가로질러 냉동실에 검은 봉투를 집어넣었다. 그러고는 신발을 찾아 신고 있던 내게 소리를 내질렀다.

"너는 왜 늘 그 모양이야? 불만이 있으면 똑바로 말을 해 줘야 할 거 아니야. 애새끼도 아니고 문제 해결을 이딴 식으로 하는 게 어딨냐고. 수틀리면 짐 챙겨서 도망치면 끝이야?"

어디서부터 설명해야 해수가 납득을 할 수 있을까. 해수의 말도 일리가 있었다. 아쉽고 서운한 마음을 속에만 담아 두지 말고 터놓고 대화를 나눴어야 했다. 그것이 어른스럽고 건강한 소통 방식이니까. 하지만 나는 처음부터 체념하고 있었다. 과거에도 그랬듯 내가 무슨 말을 하든 해수는 바뀌지 않는다고, 대화를 나눈다고 해서 나와 해수의 관계가 개선될 수는 없을 것이라 단정 지었다. 그럼에도 불구하고 입에서 저절로 말이 쏟아져 나왔다. 마치 뭔가에 씐 것처럼.

"화내는 걸 보니 우리 사이에 문제가 있단 건 알고 있었나 보네."

임국영

"몰라. 모른다고."

"알려고도 하지 않았겠지."

"그러는 너는 내가 너랑 왜 헤어졌는지 알아?"

예상치 못한 질문이었다. 나는 눈물을 쏟기 시작하는 해수를 가만히 지켜보며 다음에 이어질 말을 기다렸다.

"네가 무서웠어. 밤마다 죽은 사람처럼 이불 속에 파묻혀 있는 애인 곁에 있으면 얼마나 숨이 막히는지 넌 몰라."

"그러면 다시 살잔 말을 말았어야지."

"그냥 너 생각이 났어. 방이 두 개니까. 이번엔 괜찮을 줄 알았다고."

해수의 말을 충분히 곱씹은 후 마지막 말을 남기고 집을 나섰다.

"네 외로움을 나한테서 채우지 마. 원래 투룸에는 옵션이 없잖아."

에어비앤비로 알아본 숙소에서 며칠간 머물며 인터넷을 뒤졌다. 앞으로 생활할 거주지와 학원 강사직을 탐색하며 얼마간 꼬여 버린 인생 계획과 생활 패턴의 오차 범위를 계산해 보았다. 하루라도 빨리 거취를 정해야 했다. 얼마 남지 않은 저금은 순식간에 바닥을 드러낼 게 뻔했고 그렇다고 본가

옵션, 없음   193

로 돌아가 부모님의 눈칫밥을 먹을 자신도 없었다.

해수로부터 문자 메시지를 몇 통 받았지만 확인하지 않았다. 그러나 마지막에 내지 못한 공과금과 미처 챙겨 오지 못한 짐들이, 그에게 내뱉은 모진 말이 마음에 걸렸다. 어째선지 아무런 조치도 취하지 않고 내다 버린 가죽 소파가 자꾸 떠올랐다. 고민 끝에 확인한 메시지의 마지막 줄에는 이런 문구가 적혀 있었다.

– 내가 잘할게.

과연 그가 잘해서 해결될 문제일까. 정말 잘해야 하는 사람은 나인지도 모른다. 나는 해수가 안쓰러웠다. 그러나 그보다 나 자신이 훨씬 비참하고 불쌍했다. 이런 자기연민이 우리 관계를 망친 것은 아닌지 생각을 거듭했지만 또렷한 해답은 내리지 못했다. 해수 눈엔 내가 어떻게 비쳤을까. 자신보다 안쓰럽고 불쌍해 보였을까. 공모전 일정과 잔고를 헤아리던 나는 결국 해수의 집으로 돌아왔다.

우리는 서로에게 아쉬웠던 점을 털어놓았고 무난한 사과와 용서의 말을 주고받으며 타협점을 찾았다. 물건 사용에 관해선 서로 배려하며 공유하기로 했고 집에 손님을 데려올 때는 미리 동의를 구하기로 합의했다. 그 후로는 각자의 고유한 영역을 함부로 넘지 않았다. 소통을 나눌 때는 말보다는 문자 메시지를 주고받았다. 해수가 내 방문을 두드리는 일이 없어졌단 얘기다. 함께 같은 영화와 드라마를 시청하는 일도 더는 없었다. 간혹 해수의 OTT 계정에 들어가 그가 어떤 작품을 봤는지 살폈다. 해수는 내가 즐겨찾기 등록을 해둔 작품들을 종종 시청하곤 했다. 우리는 같은 집에서 따로 사는 방식을 발명했다.

스터디장과 사이가 틀어진 이후로 스터디 모임은 불참했지만 여전히 드라마를 썼다. 시대의 보편적인 욕망에 관해, 누군가의 결핍을 글로 적어 돈으로 바꿔 팔고자 무던히 노력했다. 장르는 '공포'고 주제는 '가진 것 없음'이었다. 지금 집필하는 작품의 계약만 성사되면 해수의 집을 나서겠다고 다짐했다. 그러나 진짜 이곳을 벗어날 수 있을지, 정말 그러고 싶은지 확신이 서진 않았다.

"찜닭 시켰는데 같이 먹을래?"

해수는 방문 앞에 서 있는 나를 놀란 눈으로 바라봤다.

"술은?"

"없어."

"그래, 뭐."

우리는 건조한 대화를 나누며 찜닭을 먹었다. 화장실 조명 바뀌었네. 과했던 것 같아서. 조명이 바뀐 화장실은 거울 속에 비친 모습이 잘 보여서 좋았다. 드러나야 할 것이 드러났다는 생각에 마음이 편하기도 했다. 그러나 한편으론 언젠가 해수가 했던 말처럼 너무 낡고 지저분해 보여서 씁쓸한 기분도 들었다.

식사를 마친 우리는 오랜만에 산책을 나섰다. 맞은편에서 불어오는 바람에 열기는 느껴지지 않았다. 전처럼 해수가 근황을 공유하고 내가 부러 추억담을 꺼내는 일은 없었다. 다만 산책로를 뛰어다니는 개들을 구경하고 근처에 새로 생긴 카페의 소금빵과 아메리카노의 맛에 관한 이야기를 나누었다.

"새삼 생각해 보면 우리 진짜 좋은 집에 살고 있네. 바퀴벌레도 별로 없고 역도 가깝잖아."

"그렇다니까. 그래도……."

더 좋은 곳에서 살고 싶어. 그럴 수 있겠지? 벤치에 앉아 흔들리는 물가를 내다보며 해수가 물었다. 그건 어렵지 않을까, 라는 말 대신 분명 그럴 거야, 라고 답했다. 거짓말. 해수는 웃음을 터트렸다. 나는 아무런 대꾸도 하지 않고 나의 옛 연인을 끌어안았다. 울고 있는 해수의 귓가에 위로의 말을 속삭였다. 그를 향한 것인지 나를 위한 구호인지 알 수 없는 말이었다.

나는 단 한 번도 그 집에 누군가를 초대하지 않았다.

그곳은 벽과 문이 제 기능을 상실한 낡은 청석집이었다. 무더운 날에는 실내에 열기와 습기가 갇혔고 겨울이 오면 방 한구석에 둔 물병 안으로 살얼음이 꼈다. 바람이 강하게 불 땐 대문에 걸어 둔 빗장이 부서질 듯 흔들렸다. 그리고 빚쟁이가 채무자를 찾을 때처럼 별안간 사랑방 문이 벌컥 열리곤 했다.

15년을 넘게 살아도 우리 가족의 소유물이 아니었던 그 허름한 건물이 내내 불편하고 버거웠다. 나는 그 집이 무서웠다.

마땅히 거할 장소가 없어서 생기는 두려움이란 죽음을 대할 때 느끼는 공포에 준한다. 외부의 위협을 피해 도대체 어디에 숨고 살아가야 할까. 누군가 이 소설이 어떤 내용이냐고 내게 묻는다면 아주 무섭고 서글픈 민담이라고 소개하고 싶다.

나는 아직도 머물 곳을 찾는다. 어쩌면 앞으로도 계속. 만에 하나 행운이 깃들어 마음 편히 자리 잡을 장소를 발견한다면, 나는 기쁜 마음으로 초대장을 작성할 것이다. 아주 많은 종이에 글씨를 적어 나를 모르는 사람들에게까지 전하고 싶다. 이제야 조금은 안전해졌노라고.